U0503064

Reisetagebücher

那几年，卡夫卡

〔奥地利〕卡夫卡 著　孙坤荣 译

上海三联书店

目　录

代译序

叶廷芳

　　中国的俗话说：一个成功的男人后面常常站着一个女人，这女人通常是他的贤妻。但终身未婚的单身汉卡夫卡背后站着的却是一个男人——马克斯·勃罗德！试想，如果没有勃罗德，则卡夫卡未必能在成名前及时认识莱比锡的出版商罗沃尔特和柏林出版商库尔特；没有勃罗德，则卡夫卡的大量遗稿很可能被别的什么人按照作者的遗愿真的"付之一炬"了；没有勃罗德，谁有作家的水平和眼力，付出如此多的时间和精力，将卡夫卡大量散乱的遗稿一一收集并编辑成书及至全集出版？可以说，勃罗德的行为谱写了一曲最动人的友谊之歌！这里用得着清人何晚晴的一句名言："人生得一知己足矣！"

　　这一对犹太民族的优秀儿子，他们的莫逆之交早在大学年代就开始了。除了被歧视民族的共同命运以外，为人正直、真诚的相似品性是不可忽视的原因。当然，共同的爱好——文学也许是更重要的情感纽带。在这方面，勃罗德比卡夫卡成熟得早。在他们结伴旅游之时，勃罗德已经是小有名气的作家了，而且在艺术、音乐批评方面都显示了才华。这时卡夫卡的成名作正躁动于母腹之中。这时期可以说勃罗德堪称是卡夫卡的生活老大哥和

1

文学引路人。1911年两人的南欧（瑞士、意大利和法国）之行和1912年夏末的魏玛旅游，对双方的友谊是个有力的促进，对卡夫卡的创作更是一个有力的推动。主要是他们路过莱比锡时，勃罗德将卡夫卡介绍给知名出版商罗沃尔特，遂使罗沃尔特当即向卡夫卡约稿。这使卡夫卡受到鼓舞。该出版社后来成为出版卡夫卡作品最多的德国两家出版社之一（另一家是柏林的库尔特出版社）。

这两次欧洲之行是卡夫卡最先倡议的，并明确提出各自把所见所闻记下来。说明卡夫卡有意识地将外出旅游当作文学试笔，而不是一般的度假休闲或游山玩水。在他的日记中可以明显地看出，他非常注意对所接触到的人物的表现特征和性格的描写（而勃罗德则更注意对环境包括自然景观和建筑景观的描写），明显是在进行写作训练。一个伟大作家的文学抱负已流露无遗。

读者将会感到欣慰的是，这个版本将勃罗德在这期间所写的日记也全部包括进去了，这无疑有助于读者在阅读时可以进行两相比较，看看这一对挚友在面对同一客观事物时的相同或不同反应，同时还可以通过勃罗德的日记印证卡夫卡的日记内容，从而增加事件的真实性。例如，他俩几乎每到一个新的城市，都要去妓院逛逛，而且都不避讳把此事记在日记本上。但与妓女做成交易没有？光凭卡夫卡的日记还较难看得出来。有了勃罗德的日记，就有较多的过程描写：一次他面对围成半圆形长队的妓女们让他挑选时，他心里很不自在，觉得这对不起他刚结婚的妻子。又如：卡夫卡在瑞士发现瑞士的高山很多，就说："是否还没有爱国者想把瑞士的面积这样来计算，即把高山的表面也作为平原来测量。这样瑞士就必定比德国要大。"这段话卡夫卡在自己的日记里记下了。勃罗德也原原本本地把它记在自己的日记里，说明他很欣赏卡夫卡的幽默感。又如：未婚的卡夫卡容易对女孩子发生兴趣，一般他自己在日记里都会提到，但不一定具体。而勃罗德就比较明确，例如卡夫卡在瑞士遇到一位匈牙利姑娘，如痴如醉。勃罗德写道："一位匈牙利少女，卡夫卡非常喜欢她，称她为'匈牙利花朵'。噘起的嘴唇。"第二年在魏玛，卡夫卡很快与房东的女儿格蕾特打得火热。勃罗德不止一次提到此事。他在魏玛的最后一天的日记里是这样写的："卡夫卡卓有成效地与房东在漂亮的女儿卖弄风情。"如此等等。

本书译者孙坤荣教授是笔者的大学同窗和好友。当时的同班同学中差不多有一半是所谓"调干生"，即在国家机关工作了几年后才来上大学的，所以孙的年龄比我大四岁（生于1932），来自江苏。他性格开朗，工作积极，又是党员，因此毕业后留任教学工作，直到退休。20世纪80年代以来，他在坚持教学的同时，曾担任多年的西语系主任兼党总支书记。就是在这样的情况下，他依然编选了1—3册《德语文学选读》和一本《卡夫卡短篇小说选》，并翻译了一些作品。他的翻译水平亦属上乘。除这部《那几年，卡夫卡》（又名《卡夫卡旅游日记》）外，我还部分核对过他的其他译文，感觉他对原文的理解颇为到位，译文也相当流畅，几乎没有发现欧化的或佶屈聱牙的文句。应该说孙坤荣的一生是积极奋进的一生，是对我国的日耳曼语言文学的发展做了可贵贡献的一生。他向来红光满面，生气勃勃。我一直以为，他会走在我的后面。不想病魔的偷袭来得如此突然，以致我都来不及见他一面他就仙逝而去！令人格外悲痛。借此机会谨代表我的全班大学同窗，向孙坤荣同学表示深切的哀悼。安息吧，我们60年的老大哥！

本书内容属于正在陆续出版的《卡夫卡全集》校勘本的一部分，本应与卡夫卡的其他著作一起面世的。由于译者孙坤荣教授不幸突然去世，根据他生前遗愿，出版社出于对死者的尊重，特地将它抽出来先行出版。作为这套全集的主编，笔者对出版社的美意表示赞赏和感谢。

1911年1月—2月之旅

1911年
1月弗里德兰[①]之旅
2月赖兴贝格[②]之旅

我必须通宵达旦地写，因为有那么多东西向我心头袭来，但是这只是些不纯正的东西。这种东西获得了一种什么样的对我的控制力呀，而在以前，据我回忆所及，我是能够用一个短语，一个小短语，一个就其本身而言还使我感到高兴的小短语来避开它的。

火车车厢里的赖兴贝格的犹太人初时对只是按照票价才是快车的快车发出小声喊叫，借以引起别人的注意。在这段时间里一个瘦削的旅行者，人们称他为轻浮而不可靠的人，正快速地吞咽火腿、面包和两根香肠，他用一把刀子将香肠的外衣扒得干干

---

①　弗里德兰：北波希米亚（捷克）地区的地名,当地有着名的华伦斯坦城堡等名胜古迹。——译注

②　赖兴贝格：也在北波希米亚，二战前为捷克讲德语的苏台德区中心城市。弗里德兰和赖兴贝格这两个城市当时工业比较发达，卡夫卡任职的工伤事故保险公司同这里有业务上的联系，他常出差到这两个城市。——原注、译注

3

净净，最后他把所有的残余物和废纸都扔到了暖气管后的长凳下面。在吃东西的时候，他曾以那种不必要的、令我如此同情的，但徒然模仿的热情和仓促，朝向我翻阅着两份晚报。他长着一对招风耳，有点宽平的鼻子。他用油腻的双手擦拭着头发和脸，以便把自己弄得干净些，这也是我所不可能这样做的。[看来包罗万象的阴茎在裤子里面已经强劲地勃起。]①

———————————

面对着我的是一位细声细语的、听力很差的先生，蓄着山羊大髭须，并不暴露真面目，最初以一种嘲讽的方式对着这位赖兴贝格的犹太人悄悄地讥笑，在这种事上我总是带着一些反感，但出于某方面的尊敬，在互相理解之后便通过目光参与了进去。后来得到证实，这个读《星期一报》②的人，正吃着什么东西，在一个火车小站上买了葡萄酒，并依照我的样子一口一口地喝着，这真是没有什么价值。

———————————

[有一位胸部高高凸起（鸡胸）、身材矮小的旅行者，由那位瘦削的旅行者指点坐到了我的身旁，他行动迟缓但很有自信，以致他想通过响亮的（顺便提一下不是讥讽的）笑声，有时还说上一句话，来引起别人的注意。带有普罗蒂温③的幽默。此外，

———————————

① [ ]内的文字马克斯·勃罗德出版时删去，下同。——译注

② 这份报纸1878年创刊时名为《星期一周刊》，1894年起改名为《波希米亚星期一报》。——原注

③ 普罗蒂温：布拉格—格蒙德—维也纳铁路线上南波希米亚的一城市名。——原注

4

他后来就下车了。]

————————

然后还有一位年轻的脸颊红红的小伙子，他花了很多时间读着《趣事报》①，而且肆无忌惮地用手将报纸撕开，为了最终将它用那种总是使我惊羡的闲散人的细心折叠起来，就好像那是一块丝绸织物，反复地把它压紧，从里面压出角来，从外面固定、拍平，厚厚的和它原来一样，塞满了胸前的口袋。看来应该是他到家后还要读吧。我一点儿也不知道他在什么地方下车。

————————

弗里德兰的饭店。宽敞的门厅。我想起了十字架上的耶稣基督，也许那儿根本就没有。没有抽水马桶的厕所，暴风雪是从下面刮上来的。有一段时间我是唯一的客人。周围这一地区的绝大多数婚礼都在这个饭店里举行。我完全记不清了，回想起有一天早晨在一次婚礼之后我曾向大厅里看了一眼。在门厅和走廊里到处都很冷。我的房间在饭店进口处的上方；每当我注意到底层的时候，寒气马上向我袭来。在我房间的前面是一种过道式的次等房间；那儿的一张桌子上的花瓶里插着两把从一次婚礼中遗留下来的花束。关窗户不用把手，而是用上下的钩子。现在我突然想起，有一次我曾听到过音乐，只是一小会儿。可是在客人的房间里没有钢琴，也许是在那个举行婚礼的房间里有。每当我关窗户的时候，我看到在另一边的市场上有一家精美的食品店。给房子供暖用大木块。打扫房间的女仆有着一张大嘴，有一次虽然很冷

————————

① 《趣事报》：1882年创刊的一份有插图的周刊。——原注

她还是赤裸着脖颈和部分酥胸；一会儿做出拒人的样子，一会儿令人吃惊地表现出亲密，我总是马上毕恭毕敬，就像大多数人在所有和蔼可亲的人面前表现出的窘态那样。当我为了下午和晚上的工作而让人装了一只较强光度的白炽灯时，她在取暖时看到了这个，她非常高兴："是的，用早先的那种灯光，人们兴许无法工作。"她说。"用这种灯光也无法工作。"我在几次兴高采烈的呼喊后说道。我觉得她有些尴尬，可惜总是表现在嘴上。我别的什么都不知道，只知道说出我已经背熟了的看法，电灯光不仅太刺眼，而且太弱。她继续默默地在取暖。当我说"此外我只点过早先的那种灯，越来越亮"时，她才微微地笑了一下，我们的看法是一样的。

与此相反，我做了这样一些事情：我总把她当小姐看待，后来她对此也适应了；有一次我在不是通常回来的那个时间回来了，我看见她在寒冷的门厅里擦洗地面。这时候我丝毫没有费劲地通过问候和邀请取暖，使她不至于感到羞愧。

———————————

从拉斯佩瑙①到弗里德兰的归途上，坐在我旁边的是那位呆板得像死人一样的人，胡须从他张开的嘴巴上面垂下来，而当我向他打听一个车站的名称时，他很友好地转向我，给予了我最最热情的答复。

———————————

———————————

① 拉斯佩瑙：弗里德兰南面约四公里的一个地名。——原注

弗里德兰的城堡①。可以有很多可能性去看它：从平地上看，从一座桥上看，从公园里看，从脱落了叶子的树木之间看，从高大的松树林之间看。这座令人惊讶的重重叠叠建筑起来的城堡，如果有人走进院里，就会发现它长久没有整修了，这儿有暗褐色的常春藤，灰黑色的城墙，白色的积雪，覆盖在山坡上的蓝灰色的冰层，所有这些更增加了它的多种多样的色彩。这座城堡正好不是建筑在一座宽阔的山峰上的，而是把相当陡峭的山峰围了起来。我沿着车道往上走，但老是往下滑，而那个城堡看门人，我后来在上面又遇见了他，却毫不费力地一步跨过两个台阶走上去了。到处都是常春藤。从一块尖形而又突出的地方可以眺望各种景色。城墙旁有一段阶梯在一半的高度中断无用了。吊桥的链条因缺乏管理而下垂在钩子上。

————————

美丽的公园。因为它坐落在梯田式的山坡上，下面部分还有一个水池围绕着，水池边上生长着一簇簇各种各样的树木，人们完全无法想象它那夏日的风采。在冰冷的池水里有两只天鹅[（它们的名字我在布拉格时才知道）]在游弋，其中有一只将脖子和脑袋伸进水里。我跟随着两个姑娘，她们一直惴惴不安又十分好奇地回头看着我这个不安静、好奇的人，此外还是个优柔寡断的人。我由她们领着沿山路往上走，越过一座桥，走过一片草地，在一条铁路路基下穿过一间由树林的斜坡和铁路路基构建成的令

————————

① 这城堡17世纪时属于华伦斯坦伯爵（1583—1634，后晋升为公爵），1911年时归克拉姆－加拉斯伯爵所有。卡夫卡后来创作长篇小说《城堡》时把它作为模型之一。——译注

人惊讶的圆形小屋，继续往高处进入一片看来并不能马上走到尽头的森林。这两位姑娘最初放慢了脚步，好像我一开始就对这片大森林感到惊异似的，后来她们加快了步伐，这时我们已经来到了一块高高的山地上，有一股强劲的阵风，把我们吹得往后退了好几步。

皇帝的景观①。在弗里德兰唯一的娱乐享受。如果说我在这里面没有感到十分惬意，那是因为我对这种美好的安排就像我在那里所见到的，并没有思想准备，穿着沾满了雪的靴子走了进来，接着坐在望远镜前，只用脚尖触及地毯。我忘记了这个景观的安排，一定要从这张椅子走向另一张椅子，有好一会儿我感到害怕。一位老人坐在灯下的小桌旁，读着一本《世界画报》②，他掌管着一切。过了一会儿有人为我演奏一种名叫阿里斯通的乐器。后来还来了两个年岁大的女子，坐到我的右边，接着又来了一个坐到了我的左边。布里西亚，克里莫那，维罗纳③。图片里的人犹如蜡像一样，鞋底牢牢地固定在铺石路面上。墓碑上的纪

---

① 皇帝的景观：这是由它们的发明者和经营者奥古斯特·富尔曼于1880年首次公布的。它们是一个直径约五米的木制圆柱体，围绕这个圆柱体能够容纳二十五个观众，通过窥视孔人们可以看到用彩色玻璃片制成的各种各样立体景象，例如具有异国情调的彩色图景，或者当前发生的事件，等等。——原注

② 《世界画报》：1908年至1913年在维也纳出版的一份杂志。——原注

③ 这三个都是意大利省会城市，以古代建筑、大教堂和宫殿闻名于世。这里是卡夫卡在窥视孔中看到的彩色异国图景。——译注

念像：一位穿着长长的衣裙拖过低低的台阶的夫人微微地开启一扇门，同时还回头看着什么。一个家庭，最前面的是一位年轻小伙子，正在看书，一只手托着太阳穴，右边的一个小男孩拉着一张没有弦的弓。英雄铁托·施佩里纪念碑①：穿在身上的衣服不修边幅，神采奕奕地随风飘拂。一件短外套，一顶宽边的帽子。这些形象比在电影放映机里的更生动，因为他们的目光具有真实的宁静。电影给人留下的是人物动作的不安宁，目光的宁静看来更为重要。大教堂的光滑地面令我们咋舌。为什么在这种方式里没有摄影机和立体镜的统一？出自布里西亚写着彼尔申·维勒尔的广告非常有名②。在仅仅是听到叙述和从窥视孔中看到的景观之间的距离要比后者和看到真实景观之间的距离大得多。克里莫那的古老的铁器市场。如果我在看完时要向那位老先生说，这使我感到多么地满意，我却没有勇气这样做。又出现下一个节目。从上午10点至晚上10点开放。

―――――――――――

我在书店的陈列橱窗里看到了丢勒联盟出版的《文学指南》③，决定把它买下来，后来又改变了买下它的想法，接着又

―――――――――

① 铁托·施佩里纪念碑：在布里西亚市，由雕塑家吉多尼·多梅尼科（1581—1641）建造。——原注

② 1909年9月卡夫卡曾经和马克斯·勃罗德一起去过布里西亚旅行，在那里他看到过彼尔申·维勒尔的广告。——原注

③ 丢勒（1471—1528）：德国文艺复兴时期的著名画家。丢勒联盟是一个促进艺术发展的联合会，1902年由费迪南德·阿文那里乌斯在德累斯顿创建。《文学指南》1910年在慕尼黑出版。——原注

转了回去。在这段时间里，我在白天一有空就驻足在陈列橱窗前面。这书店在我看来是那样的孤寂，那些书也无人问津。我只是在这里才感觉到世界与弗里德兰的内在联系，而这种联系却又是如此微不足道。但犹如每一种孤寂又使我产生热情一样，我也就很快感觉到这个书店的幸运。有一次我走了进去，看看里面的情况。因为那里的人们不需要科学方面的著作，这里的书架上看起来比在城市里的书店里几乎更有文学气氛。一位年老的夫人坐在一只有绿色灯罩的白炽灯下。刚刚取出来的四五本《艺术守护者》杂志①使我想起，现在是月初。这位女主人拒绝我的帮助，从陈列橱窗里抽出这本她几乎并不知道它存在的书，将它交到我的手中；她很惊奇，我在结了冰的窗玻璃后面竟然发现了它（其实我在这之前早就看到了）。她开始在营业簿里寻找书的价钱，因为她并不知道书价，而她的丈夫走开了。我说我过会儿晚上再来（那时正是下午5点钟），但我没有遵守我的诺言。

赖兴贝格：

对于那些要在晚上在一个小城市里匆匆走一下的人们的真实意图，我们根本无法弄清楚。如果他们住在市郊，那么他们必须乘坐电车，因为路程太远了。如果他们就住在本地区，那么路程就不会有多少，没有缘由去快速地走一遭。居民迈开双腿就同这个环形广场相交，这广场对一个村庄来说并不很大，而它的市政

---

① 《艺术守护者》杂志：由费迪南德·阿文那里乌斯负责出版，为文学、戏剧、音乐、造型艺术和实用艺术等综合性半月刊，卡夫卡也经常阅读这本杂志。——原注

厅由于其过分的巨大规模使这个广场变得更小了（市政厅以它的影子足够把广场遮盖住了）。人们并不想从市政厅的面积来真正相信这小小的广场，而是想以广场的狭小来表明有关它的面积的第一个印象。

一位警察知道工人疾病保险机构的地址，另一位却不知道这机构的办事处在什么地方，第三位竟然不知道约翰内斯大街在什么地方。他们是这样解释的，他们才上岗不久。为了一个地址我不得不走向警卫室，那里有足够多的警察正以各种各样的方式在休息。他们都穿着制服，制服的美观、新颖和色彩真令人惊异，因为人们一般在街巷里看到的只是深色的冬季大衣。

在狭窄的街巷里只能铺设一条轨道。从这里到火车站的电车得走另外的街道，而不是那条从火车站来的道。从火车站穿过维也纳大街，我在那里住进了橡树旅馆，到火车站去则要通过舒克尔大街。

三次去剧院[票总是售完了]：《海涛和爱浪》①：我坐在二楼楼座里，一位非常优秀的演员扮演瑙克勒罗斯引起了格外的轰动。我眼睛里多次热泪盈眶，就这样到第一幕结束，赫罗和

①　这是奥地利著名剧作家弗兰茨·格里尔帕策（1792—1872）于1831年创作的悲剧；卡夫卡于1911年2月24日在赖兴贝格市立剧院观看此剧。——原注

11

莱安德尔^①的目光还是没有能够相互分开。赫罗从神庙的大门里走出来，通过这扇门人们看到的东西，不是别的而可能是一只冰箱。在第二幕里树林就像早先的精装版本里一样，一直延伸至舞台的中心，藤本植物从这棵树盘绕到那棵树上。到处长满了苔藓，呈现出一片深绿色。钟楼房间的舞台背景墙在下一个晚上在《杜德尔萨克小姐》^②里又再现了。从第三幕起是剧本的低潮，仿佛有一个敌人从后面来了似的。

---

① 《海涛和爱浪》一剧中男女主人公的名字。——译注

② 这是弗利茨·格林鲍姆和海因茨·赖歇尔特创作的轻歌剧，卡夫卡在赖兴贝格逗留期间，这出轻歌剧于1911年2月25日、26日在市立剧院上演。——原注

1911年8月—9月之旅①

———————————

　　① 　这次旅游与马克斯·勃罗德同行，路线是瑞士卢加诺—意大利米兰—法国巴黎—瑞士埃伦巴赫。——译注

〈19〉①11年8月26日启程　中午

朴素简单的想法：关于这次旅游同时交替描写旅途和内心的感受。这种做法的不可能性由于一辆从旁驶过满载农妇的车子而得到了证实。英雄般的农妇（特尔斐②的女预言家）。一个刚刚睡醒的农妇躺在一个开怀大笑的农妇的怀抱里正在挥手示意。通过对马克斯③致意的描述，很有可能把人为的敌意写了进去。

————————

一位姑娘，后来知道她叫阿丽丝·雷贝格④，在比尔森⑤上车。在行程中预订咖啡要把一张绿色小纸条粘贴在窗子上好让老板知道。但人们一定不要拿着纸条去取咖啡，并且也拿不到。早先我未能看到她，因为她坐在我的旁边。第一个引起共同注意的实况是：她包装好了的帽子向马克斯身上飞下来。这样一来，好

————————

① 〈　〉内的文字，为德文版编者所加。下同。——译注
② 特尔斐：古希腊城名，阿波罗神庙所在地。——译注
③ 这里指同卡夫卡一起旅游的好友马克斯·勃罗德。下同。——译注
④ 阿丽丝·雷贝格（Alice Rehberger）：也就是安吉拉·雷贝格（Angela Rehberger），马克斯·勃罗德出版卡夫卡日记时简化为阿丽丝·R.。——译注
⑤ 比尔森：捷克一城市名。——译注

15

多帽子通过车厢门进来了，又轻快地通过大窗子出去了。——看来马克斯放弃了后来描述的可能性，因为他作为已婚的男子，为了消除危险的现象，必须说些什么，在这种情况下他忽略了最重要的东西，而突出了教训人的方面，并且有些令人讨厌。——"无可指责的，开火，加速0.5，不出所料"，办公室里最小的小鸟，[办公室里关于军队、笑话的议论]（在办公室里换错帽子，钉上新月状的钩子），我们的玩笑是用她将在慕尼黑写的明信片，而我们帮她从苏黎世把明信片寄到她的办公室，明信片上这样写着："预先说过的话很遗憾都应验了……上错了火车……现在在苏黎世……失去了两天游览机会。"她的兴奋，但她希望我们这些正直的人，什么也不用再写了。慕尼黑的汽车。下着雨，快速行驶（20分钟），地下室住房往外看的视角，导游喊叫着看不清楚的名胜古迹的名字，空气力学原理在潮湿的沥青路面上发出的沙沙声响，就像机件在电影放映机中发出的声响一样，看得最清楚的是"四季"①不挂窗帘的窗户，灯光在沥青路面上的反射犹如在河里一样。

在慕尼黑火车站的一个"卫生间"里洗了一下手和脸。

把箱子留在车厢里。将安吉拉安排在一个车厢里，这里有一位夫人，她比我们更为担心，她表示愿意给予照顾，这个举措被热情地接受了。十分可疑。

---

① 卡夫卡在这里指的是慕尼黑的"四季饭店"。——原注

16

马克斯在车厢里睡觉。两个法国人，其中一个总是在暗暗地发笑，有一次是由于马克斯没有让他坐下（马克斯伸展四肢躺着），他为此而大笑，他要利用这片刻时间而不让马克斯躺着。马克斯穿着带有披肩没有袖子的男式大衣端坐不动。另一位身强力壮的法国人吸着香烟。夜里用餐，三个瑞士人闯了进来，一个吸着烟。一个在另外两个下车后留了下来，他先是说一些无关紧要的事情，直到临近早晨才说清楚自己是干什么的。博登湖①就像从码头上看过去那样轻盈缥纱。——瑞士已经在晨曦中出现了。我在注视一座桥②时把马克斯唤醒，[我唤醒马克斯]并因此使我获得对瑞士的第一个强烈印象，因为我已经透过从内在到外表的朦胧长时间地凝视着它。——在圣加仑没有小街小巷，结构直立、颇有独创的房屋给人留下了印象。——温特图尔。——在符腾堡灯火辉煌的别墅里，有男子在夜里两点钟的时候站在阳台上弯身倚着栏杆。通向书房的门是敞开的。——在酣睡着的瑞士有许多已经睡醒的牛。——架电话线的电线杆，挂衣钩的横截面。——泛白的高山牧场在太阳升起时的景象。——对犹如监狱一样的卡姆火车站建筑物的回忆，它的题词以《圣经》的严肃性加以阐明。窗户的装饰尽管显得贫乏，但还是违反了规章。在一所大房子的两扇相互间隔得很开的窗子里，

---

① 博登湖：德国、瑞士、奥地利三国交界处的大湖泊，面积有539平方公里，湖周围有许多旅游胜地。——译注

② 卡夫卡在日记中有这座桥的画稿。德文版第23页。——译注

这边映着一棵大树，那边映着一棵小树，它们在风中摇曳。

在温特图尔火车站上有个流浪汉拿着根小棍，唱着歌曲，另一只手插在裤袋里。

窗子里的疑问：苏黎世这个瑞士第一大城市将会是由怎样的一些单独的房屋建筑构成的呢？

在别墅里进行繁忙的商务活动。

夜晚在林道①火车站上有许多人在唱歌。

爱国主义的统计法：一个在平面上被分裂的瑞士的面积。②

外国的巧克力商店。

[（遗失了几页）]

苏黎世

---

① 林道：博登湖上的一个半岛城市，属德国巴伐利亚州，旅游业比较发达。——译注

② 据马克斯·勃罗德的《旅游日记》：卡夫卡说："是否还没有爱国者想把瑞士的面积这样来计算，即把高山的表面也作为平原来测量。这样瑞士就必定比德国要大。"参见本书第133页。——原注

从最后回忆的一些相互交错的火车站中突然冒出的火车站
——（马克斯把这看作为A+X）①。

外国的军队留下的历史性的印象。在自己国家的反对军国主
义的论据中缺少这种印象。

在苏黎世火车站受到阻拦。我们害怕武器的射击，如果他们
开火的话。

买了苏黎世的地图。

在一座桥上走去又走回来，因为有关洗冷水澡、热水澡和早
餐的时间安排尚未决定下来。

利马特河②方向，鸟拉尼亚天文台。

主要交通干线，空荡荡的电车，在一家意大利男子时髦用品
商店的橱窗十分显眼的地方许多小线团堆成了金字塔。

---

① A+X，出自马克斯·勃罗德和费利克斯·韦尔希共同撰写的哲学
论文《观点和概念：一个概念形象体系的基本特征》，在这篇论文中作
者把一般的记忆中的印象采用了A+X符号，意谓所经历的某种模糊不清
的形象或事物。——原注

② 利马特河：瑞士阿勒河的一条支流，流经苏黎世。——译注

只有艺术家的广告牌（疗养宾馆，维甘德为节日写的戏剧《马里加诺》，耶莫里配的音乐。[①]）

———————

一家百货商店在扩建。最佳的广告宣传。所有的居民整年都在注视着。（杜法伊尔[②]）

———————

邮递员穿着那种近似南部和西部人穿的带有帽子的风衣，看上去就像穿着长睡袍似的。小箱子搁在自己的面前，信件整理得井井有条，就像圣诞节市场上的贺卡，一层层堆得好高。

湖面的景色。想象这里的居民都有强烈的礼拜日感觉。湖上保持清新的空气，没有建筑施工。骑马人。被惊跑的马。有教育意义的题词，泉边也许是利百加[③]的浮雕，题词和浮雕在流动着的泉水被强劲地吹起的玻璃似的形状上面显得分外安宁。

———————

旧城：狭窄的坡度很大的街巷，一个穿着蓝色上衣的男子正艰难地向下跑。像跑楼梯似的。

———————

———————

[①]　此剧为一出五幕民间戏剧，于1911年夏天在瑞士施维茨州的一个乡村露天舞台上首演。——原注

[②]　意指法国巴黎克利尼昂古尔街和巴尔贝大道上的杜法伊尔百货商店。——原注

[③]　利百加为《圣经》中人物，以撒的妻子，见《旧约·创世记》。——译注

回忆起受到交通威胁的巴黎圣罗歇大教堂前面的厕所^①。

———————————

在无酒精的领馆里用早餐。黄油像鸡蛋黄。

《苏黎世报》

———————————

很大的教堂：是旧的还是新的？男人们站在两旁。教堂执事给我们指点较好的位置。我们跟随着他一直走向我们需要走出去的方向。当我们已经走到出口的地方时，他还以为我们找不到方位，他横穿教堂向我们走来。我们相互推挤着走了出去。大笑不止。

———————————

马克斯：语言的混杂可以溶解民族的困难。沙文主义者绝不会通晓其所以然。

———————————

苏黎世浴场：只是男子浴场。一个挨着一个。瑞士语言。用铅浇铸的德语。^②有些地方没有更衣室，在挂衣钩前面脱掉自己衣服的共和体制的自由，同样也有游泳教练用一个水龙头把这满满的日光浴池水放空的自由。这空洞无谓的做法与语言的不可理解性相比不是没有道理的。跳水者：他用在栏杆上叉开的双脚先跳到跳板上，以此来增加弹跳的力量。——建立一个浴场要在较

———————————

① 卡夫卡回忆起1910年10月的巴黎之旅。——原注

② 瑞士人讲的德语听起来要费劲一些，故卡夫卡称之谓"用铅浇铸的德语"。——译注

长的时间内才能做出评估。没有游泳课程。任何一个留着长发的崇尚自然疗法的行家都很孤独。低矮的湖岸。

————————

军官旅行社的露天音乐会。在听众中有一个带着同伴的作家，他在一本有着小横线条的笔记本上写着，在一个节目结束后被他的同伴拉走了。没有犹太人。马克斯：犹太人逃避这种大型的活动。开始：意大利射击手进行曲。结束：爱国者进行曲。由于自身的原因在布拉格没有露天音乐会（卢森堡公园①），按马克斯的说法这是共和体制。[在巴黎的军队。]

————————

凯勒②故居锁上了大门。旅行社办公室。阴暗街巷后面的明亮的房屋。利马特河右岸的阶梯形房屋。闪烁着蓝白颜色的百叶窗。不慌不忙地行走着的士兵都是些警察。音乐厅。没有找到而且也找不到综合性科技学校。市政厅。在二楼用午餐。迈伦的葡萄酒（用新鲜葡萄酿造的消过毒的葡萄酒）。一位来自卢塞恩的女招待告诉我们去那里的列车。用西谷米、菜豆、烘烤过的土豆和柠檬奶酪做成的豌豆羹。——相当漂亮的、犹如工艺美术品那样的房屋。大约3点钟开车绕着湖去卢塞恩。空无人烟的、阴暗

————————

① 在这里卡夫卡又回忆起1910年10月的巴黎之旅，卢森堡公园的露天音乐会。——原注

② 戈特弗里德·凯勒（1819—1890）：瑞士著名的德语小说作家，五岁时父亲去世，靠母亲的教育成为作家。代表作有长篇小说《绿衣亨利》（1854—1855）、《苏黎世中篇小说集》等。本书134页，勃罗德《旅游日记》中有所提及。——译注

的、丘陵起伏的、多森林的楚格湖的湖岸分布在许多岬角上。美国的景象。在旅途上不想与那些还没有看见过的国家进行比较。在卢塞恩的火车站上可以看到景色的全貌。火车站的右边是施卡廷一林克。我们走向仆役，并呼叫"葡萄"①。是不是这家旅馆在众多的旅馆之中，犹如这个仆役在众多的仆役之中一样呢？好几座桥（按马克斯的说法）像在苏黎世一样将湖从河里分开。那些为德国辩解的德国居民在哪里呢？疗养院大厅。苏黎世的那些很明显的瑞士人似乎并不是管理旅馆的天才，他们原本在这里现在消失了，旅馆的老板也许甚至是法国人。对面是空荡荡的气球大厅。很难想象飞艇能滑翔进去。双轮滑车。柏林式的外观。水果。夜晚，在树荫下面的供散步的湖滩笼罩在黑暗中。男主人带着女儿或女佣。湖上有游船在摇荡，一直可以看到最远的地方。旅馆里亲切微笑的女接待员，笑容可掬的姑娘不断地将客人引往上面的房间，严肃的、脸颊红润的房间女仆人。小小的楼梯间。房间里上了锁的、安装在墙内的箱子。从房间到外面去是十分令人高兴的。多么喜欢在用晚餐时吃到水果。戈特哈德饭店，穿着瑞士民族服装的少女。糖水杏子，迈伦的葡萄酒。两位年纪较大的妇女和一位先生在谈论人的衰老问题。在卢塞恩发现娱乐厅。一个法郎的入场费。两张长桌。描写现实的名胜古迹是讨人厌的，因为它不得不严格按照规定在看管人面前进行。在每张桌子旁有一个叫牌人站在中央，两边各有一个守卫。②

---

① 指卢塞恩的一家名叫"葡萄"的旅馆。——译注
② 这句话的下面卡夫卡画有牌桌的图样。德文版第28页。——译注

最高赌注为5法郎。"敬请瑞士人让外国人有优先权，因为这种赌博游戏是为客人的娱乐而设立的。"—张桌子有个球体，—张桌子有小马模型。赌场里收付赌金的人穿着华丽的制服。先生们，出牌吧——牌在这里了——你们的牌都出来了——都在这里了，你赢了——全都完了。[①]收付赌金的人手里拿着装有木柄的镀镍耙子。他们用这耙子能够做到：将赌金放到正确的方位上去，将赌金钩到自己的身边，或者接住有人扔向赢家方位的赌金。各个不同的收付赌金的人影响着赢钱的机会，或者更确切地说有一个人喜欢上某个收付赌金的人，那就是在他那儿赢了钱的人。人们在大厅里感到由于共同决定参赌而激动万分。钞票（10法郎）在一个温馨的乐意去做的台桌上消失了。失去10法郎使人

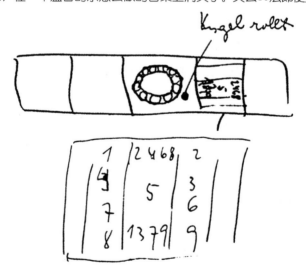

———————————
① 译文下有重点符号者原文为法文。下同，不一一注明。——译注

感觉到有一种还要继续赌下去的微弱的诱惑，但仅仅是诱惑而已。愤怒却超越一切。白天因赌博而延伸了。

　　＜1911年＞8月28日星期一　穿着高筒靴的男子在墙边用早餐。轮船二等舱。早晨的卢塞恩。旅馆难看的外观。一对夫妇在读从家里寄来的信，其中有一段是报纸上登载的关于在意大利流行霍乱的报道[①]。人们从湖上，也只有从湖上航行的水平面才能看到美丽的住地景色。山变换着它的形状。维茨瑙，里吉铁道[②]。透过树叶看湖上风景，有身在南方的印象。穿过楚格湖突然出现的平原令人惊异不已。[里吉山上的花束，在等候谁呢？]家乡般的森林。这条齿轮铁道修建于1875年，是在旧的《关于陆地和海洋》一书里查阅到的。历史上英国的土地，在这儿他们蓄着络腮胡子，神气活现地走着。望远镜。远处的少女峰[③]，修士峰的圆形山顶，晃动的灼热的空气使图像也动了起来。蒂特利斯山[④]绵延下来的平原。一块冰雪覆盖的原野被切割成一块块圆形面包。不论是从上还是从下去判断高度都是错误的。对阿尔特

---

　　①　意大利流行霍乱的消息在1911年7月的布拉格报纸上也有登载。——原注

　　②　维茨瑙：位于瑞士四林州湖（即卢塞恩湖）畔，海拔440米，是一个疗养地；里吉山：位于四林州湖和楚格湖之间，高约1800米，有齿轮铁道通到山顶，是一个观光地，可眺望湖上景色。——译注

　　③　少女峰，阿尔卑斯山的著名高峰之一，海拔4200米，有隧道火车可达3400米，为瑞士有名的旅游胜地。——译注

　　④　蒂特利斯山：位于伯尔尼阿尔卑斯山中，最高峰达3239米。——译注

－戈尔道火车站的地形是倾斜还是平坦的争论无法确定。饭店的公用餐桌。黑人女子坐在大厅里很严肃，张口说起话来很厉害，这已在隔壁的火车厢里见识过了。英国小姑娘正准备离去，嘴里的每颗牙齿长得很整齐。法国小姑娘正准备离去，嘴里的每颗牙齿长得很整齐。法国的小姑娘登上邻近的车厢，伸出手臂说我们已经挤满的车厢还"不满"，并催促她的父亲上车，她纯洁的外表看上去像年纪稍长服务周到的小护士，她用胳膊肘子捅我的髋部。马克斯右边的那位老太太的英语多数是用牙齿讲出来的，人们为此在查找一个伯爵领地的名字。旅途上经过维茨瑙—弗吕埃伦①，格尔绍②，低凹的沼泽地，矿泉（纯粹是按旅馆的叫法），席勒石，退尔岩，被忽略了的鲁特利③，阿克森大街上的两个柱廊（马克斯在这里有许多想象，因为人们在照片上总是看到这两个柱廊），乌尔纳盆地，弗吕埃伦。明星旅馆。

＜1911年＞8月29日星期二

这个漂亮的房间带有阳台。令人喜爱。受到四周的群山封闭。一个男子和两个少女，穿着防雨大衣，前后相随，在晚上手

---

① 弗吕埃伦：瑞士乌利州的一个村庄。——译注

② 格尔绍：四林州湖边上的一避暑地，属施维茨州。——译注

③ 鲁特利山谷为传说中1291年瑞士最初施维茨、乌里、瓦尔顿三个地区的联盟者在此宣誓反抗奥地利暴政的地方，德国大诗人席勒曾据此写成剧本《威廉·退尔》（1804）。看来卡夫卡乘坐的轮船从席勒石至退尔岩时没有在此停靠。——译注

拿登山杖穿过大厅，当他们已经走上台阶时，因为女服务员的询问而停住了。他们道了谢，他们已经知道怎么回事。关于他们登山游览的另一个问题这样回答：这也不是那么容易的，这一点我可以告诉您们。在大厅里我感到他们好像来自《杜德尔萨克小姐》①，在台阶上马克斯认为他们好像来自易卜生，随后我也有这种看法。忘掉了被盯着看的人。在铁道上人们获悉，有一位老太太甚至要去热那亚。年轻人手拿瑞士的旗子。四林州湖上的湖滨浴场。一对对夫妇。救生圈。阿克森大街上散步的人。最美好的浴场，因为人们能够为自己随心所欲地进行安排。渔家女穿着淡黄色的衣服。登上戈特哈德铁路的列车。[罗伊斯河②。]我们的河流里流的是混有牛奶的水。匈牙利花朵③。噘起的嘴唇。从后背到臀部有着异国情调的线条。那儿有个漂亮的男子待在匈牙利人一旁。在意大利将葡萄皮吐在地上，但是这种现象在南方却看不见。格兴能④火车站上的耶稣教团总监。突然出现的意大利，小酒店前面随意摆放的桌子，一位年轻的男子穿着色彩鲜艳的衣服，他无法克制住自己，辞行的女人们的各种手势（模仿着一种拧招的动作）。一个火车站旁边，有着黑色屋顶、粉红色墙面的房屋，模糊不清的字迹。后来这种意大利的东西消失了，或者说瑞

---

① 见第12页注2，指来自赖兴贝格。——译注

② 罗伊斯河：瑞士阿尔河右边的支流，注入四林州湖。——译注

③ 据马克斯·勃罗德日记中称，车上有一位匈牙利少女，卡夫卡很喜欢她，称她为"匈牙利花朵"。参见第146页。——原注

④ 格兴能：瑞士乌里州罗伊斯山谷中的一个村庄，戈特哈德隧道在此通过。——译注

士核心的东西出现了。在火车站门卫的小屋里的妇女们，回忆起战斗。提契诺事件，到处都有各种各样的事件。德国的卢加诺。喧闹的摔跤运动员训练场。新建的邮局。望景楼旅馆。疗养地高级旅馆里的音乐会。没有水果。

　　8月30日。从4点到晚上11点和马克斯一起坐在一张桌子旁，先是在花园里，然后在阅览室里，再后在我的房间里。上午浴场游泳，寄信。

　　8月31日。里吉山上的雪峰高高耸立如钟的指针一般——

　　＜19＞11年9月1日星期五　　10点15分从古格里尔莫·退尔市区启程。——车厢里和船舱里都是按照一定式样千篇一律的靠背座。船上盖棚布的支架就像牛奶车上的一样——每次船舶靠岸就开始一次战斗。①

---

　　①　这一段文字下面卡夫卡画有一幅草图。德文版第32页。——译注

旅行时没带行李，两手空空抱着个脑袋——甘德里亚^①，一座房屋后面显露出另一座房屋来，柱廊用彩色的织物装饰起来，无法鸟瞰其全景，有街巷也许没有街巷——在圣马尔加里塔的码头上有喷泉。奥里亚附近的一所别墅里有十二棵意大利柏树^②。

[阳台的人口——]人们不可能也不敢设想在奥里亚拥有一座房子，它的正面是一个有着希腊式圆柱的平台——烧毁的房屋仅仅是在火灾中烧掉的——马梅特：中世纪的有魔力的帽子戴在一座钟楼上^③——早先驴子沿着港口广场旁边的一条枝叶茂密的林荫小道走着[——在四林州湖畔人们更多地想到自己——]——奥斯特诺——妇女社交圈里的神职人员。^④

特殊的听不懂的叫喊声。其中有些句子更是绕来绕去无法理解。男厕所后面窗户里的孩子。在一座墙边有蜥蜴在爬动，引起

---

① 甘德里亚：瑞士卢加诺湖畔的一个美丽如画的渔村。——译注
② 卡夫卡和勃罗德访问的这所别墅是意大利小说家安东尼奥·福加扎罗（1842—1911）的避暑地。这一段文字下面卡夫卡画有一幅草图。德文版第32页。——原注
③ 这里指圣马梅特附近阿尔布加西奥·索佩里奥勒教堂的钟楼。——原注
④ 这一段文字下面卡夫卡画有一幅草图。德文版第33页。本书见第30页。——译注

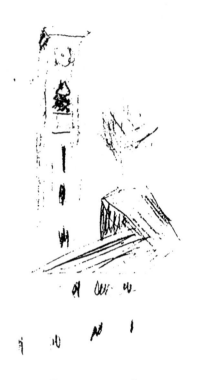

人们的注意——普赛奇①的垂落的头发②——驶过载满士兵的车子和化装成水兵的旅馆里的仆役[——卡登纳比亚之间的浴场。在驶过的车厢里可以看到互相挨着的意大利年轻人。回到了出发前的岸边]。

---

① 普赛奇：希腊神话中人类灵魂的化身，以少女形象出现。她与爱神厄洛斯相恋，历经种种苦难，最终幸福结合。——译注
② 这里指卡尔罗塔别墅里意大利雕塑家安东尼奥·卡诺瓦（1757—1822）的雕塑品《爱神和普赛奇》。——原注

卡尔罗塔①——伊莱克斯冬青栎，被小动物剥去了树皮——西香莲属的植物，物理学上的平衡技巧——竹子——用老人的头发缠绕起来的棕榈树树干——爱神木（桃金娘树），芦荟（双面锯齿状），雪松（一种被它的枝条交缠的落叶松），软弱无力的静止无声的挂着的钟（倒挂金钟），智利棕榈（木樨树属），法国梧桐——仙人掌，玉兰树（不易撕碎的叶子），澳大利亚的棕榈——[桃金娘（娇嫩的爱神木）——]纤美的月桂树，穹顶形状的杜鹃花，桉树——光秃秃的树干——柠檬树，纸莎草三棱形状的梗，上面像灯芯草的形状，自我缠绕的紫藤——巨大的梧桐树——芭蕉树。

孩子们在梅那吉奥的码头栈桥上，父亲，他为妻子的身体在他们的孩子们面前感到骄傲。

政治家半张开的嘴巴（卡尔罗塔别墅）。

一位法国女子有着和我姑母一样的嗓音，在一把草编的带有细密镶边的阳伞下面她在一本小日记簿上写着关于蒙塔涅等的内容——船上黑皮肤的男子站在轮胎圈起来的地方，俯身在掌舵。税收官在通观全船，并很快寻找到一只小篮子，好像所有的东西对他来说都是一种礼物似的。——在波尔累察—梅那吉奥列车里

---

① 卡尔罗塔别墅：在科摩湖畔卡登纳比亚附近，下面记载的是别墅花园里的一些植物。——译注

的意大利人。每一个针对某一个人讲的意大利语传进连自己也不甚懂的巨大空间里，经过很长时间正在思考着是否被理解了或者没有被理解。那种特有的不稳定的意大利语面对意大利人的稳定可靠性是无法保持下去的，不管它是容易被理解的或者不容易被理解的。——从梅那吉奥往回开的列车上的笑话，是非常美好的谈话素材——由石头建造的船屋连着平台以及别墅前面大街那头的装饰——很大的买卖古董的商店。——船主：小本生意——征税的快艇（尼摩船长的故事和《通过太阳世界的旅行》[①]）。——

<1911年>9月2日，星期六

在小轮船上脸部有颤抖的神情——百叶窗上已经撩起来的窗帘（棕色带有白色的边饰）（卡登纳比亚）——在蜂蜜里的蜜蜂——上身显得粗短的孤独的闷闷不乐的女人是个语言教师——穿着提得高高的裤子的先生倒是很标准。他的下臂在桌子上面滑过，仿佛手不是在握住刀子和叉子而是在抓一张扶手椅的末端。[——注意地倾听老板的声音——腿碰着腿——]孩子们注视着行将熄灭的焰火：再来一次——发出咝咝声——举起手臂——在小轮船上不太舒适的旅行。共同参与的活动太多——要感受新鲜空气，要自由地观赏周围的自然风光，太低矮了——近似于司炉的处境，——卡斯塔格诺拉和甘德里亚之间的浴场正好在我们住的

---

① 这里指的是巴黎出版的法国科幻小说家儒勒·凡尔纳（1828—1905）的作品和作品中的主人公，尼摩船长出自小说《海底两万里》。——原注

地方——从旁边走过去的一群，有男人、女人和奶牛。她在说些什么。黑色的头巾，宽松的衣服。——蜥蜴的心跳——一位先生在花费精力：很晚还在阅览室里服务，同时还有啤酒、葡萄酒、费尔内·布兰卡①、风景明信片、轻微的叹息声——老板的小男孩，而我早先并没有和他说过话，听从他母亲的劝告伸手拥抱我吻我，并道晚安。我感到很高兴。——甘德里亚，开设在地下室里的酒店楼梯和走廊代替了街巷——一个小男孩被打了，拍打床板的沉闷的声音——爬满常春藤的、连边上也缠满常春藤的房屋——在甘德里亚缝纫女工坐在没有百叶窗、窗帘和窗玻璃的窗户旁——我们互相支撑着上了从浴场广场去甘德里亚的路，我们是多么疲惫——在一艘黑色的小轮船后面是一长列节日装饰的小艇船队——年轻的先生们在观赏着景色，有的跪着，有的蹲在甘德里亚的码头栈桥上，有一位先生穿一身白衣裤，是一个很博得姑娘们友情的人和轻松愉快的朋友，同我们好像很熟——在波尔累察，晚上在码头上。——一位已经被忘记了的长有络腮胡子的法国人在威廉·退尔纪念碑旁将他的古怪特征又带进了记忆之中——这座纪念碑安装了一种厨房用的自来水管式的排水管，是用黄铜制成的。

<1911年>9月3日，星期日

一位镶有金牙的德国人，描写者即使在其他印象不清楚的情况下也能牢牢地抓住他的特征，他在11点3刻还买了一张进游泳

---

① 费尔内·布兰卡（Fernet Branca）：一种饮料的名字。——译注

场的门票，虽然游泳场在12点就要关闭了，来到里面游泳教练马上用不易理解的、因而有些严厉的意大利语要他注意到这一点。听了这句意大利语把他的母语也弄糊涂了，这位德国人结结巴巴地问，那为什么售票处的人还要卖票给他呢，他抱怨那个人卖票给他，并提出，这个人完全可以不卖票给他的。从意大利语的回答里人们听出，他还有差不多一刻钟的时间游泳和穿衣服。哭出了眼泪。——坐在湖上的上下封底的圆桶上面。——望景楼旅馆，"对老板的一切表示赞赏，但饭菜很糟糕"。

<1911年>9月4日　霍乱的消息：旅行社，《科里勒·德拉·赛拉》，《北德劳埃德报》[①]。《柏林日报》，打扫房间的女仆带来一个柏林医生的消息，每每按照人群的划分和本人的身体状况，这些消息的通常特性也随之而变化，在离开卢加诺去普尔托·塞雷西奥时，是1点零5分，那是相当有利的时间。——对巴黎的短暂的热情，刮起了风，风把我们面前拿着的<19>11年9月3日的《埃克塞尔西奥报》[②]吹得鼓了起来，随着风我们跑向一条长椅。在卢加诺湖的桥上还有一些做广告牌的地方可以出租。

把星期五的事记下来，这三个家伙把我们从船头上赶下来，也许是因为舵手必须自由地远眺注视前面的光线，然后他们拉出一条长凳，自己坐了下来——我真的很想唱歌。

---

① 这份报纸于1899年在德国北部城市不来梅出版，它又名《劳埃德——旅游外贸报》。——原注
② 巴黎出版的一份日报，也称《巴黎日报》。——原注

＜1911年9月1日＞星期五

在那位意大利人的关照下，他建议我们去都灵（博览会）①旅行，我们向他点点头，彼此握了手增加了共同的决心，不惜任何代价去都灵——减价的车票令人称赞。骑自行车的人在普尔托·塞雷西奥的一所房屋的平台上绕圈子——鞭子不是皮做的只是用马鬃毛做的一个小尾巴——正在行进的骑车人用一根绳子牵着一匹马在他身旁小跑。

米兰：导游在一家商店里被遗忘了。后来回来了并且被偷了——在梅尔坎蒂饭店吃了苹果卷——有利于健康的蛋糕——福萨蒂剧院②——所有的帽子和扇子都在动——在高处有一个小孩在大笑——节目单用一张做广告的纸贴出来——在男子乐队里有一位年纪较大的女子——剧院正厅前排座位——人口处——乐队待在一个平台上与观众厅相连接——兰西亚的广告用作一个沙龙的天花板的装饰——后墙的所有窗户都开着——身高健壮的演员戴着轻敷油彩的鼻孔套，它们的黑色特别明显，使向后仰的面孔的棱角在光线中变得模糊不清——脖子又长又细的姑娘踏着碎步伸长着臂肘从房间里跑出来，让人预感到她那与长脖子相适应的高高的鞋跟。对大笑的过高评价，因为从不可理解的严肃态度到大笑要比从已经知道内情的严肃态度更为遥远——每件家具的意义

---

① 1911年时都灵正举办世界博览会。——原注
② 这个剧院经常上演一些富有民间风格的剧本。——原注

——在一般情况下每两件家具上有五个门——画眉涂眼的姑娘闪烁着眼睛也照亮了她下面的鼻子和嘴巴——包厢里的那位先生在大笑的时候张开了嘴巴露出了后面的一颗金牙，他那张开的嘴后来还保持了一段时间。以其他的方式达不到舞台和观众大厅之间的统一，就像这是为了观众和面对不懂这种语言的观众形成的那种统一样。

——年轻的意大利女人有着一般犹太人所具有的面孔，这张面孔从侧面看又变为非犹太人的形象——当她站起身来把手伸向阳台栏杆只看到她瘦削的身躯时，她没有伸展手臂和肩膀，当她将手臂伸向窗柱时，当她用两只手抓住一根窗柱时，就像站在一棵树旁享受通风的愉快。——她在读一本平装的侦探小册子，她的小弟弟向她请求好长时间也没有要来这本书。——她的父亲就在旁边，生有一个明显的鹰钩鼻子，而她在同一部位生有的鼻子却是均匀的、柔美的，因而她父亲更具有犹太人鹰钩鼻的特色——她常常朝我看，出于好奇，看我是否最终已经停止了我那使人讨厌的目光——她的衣服是用生丝缝制的——在我旁边是一位肥胖而高大并散发着香气的女人，她用扇子把她的香水味扩散到空气中——她的矮脚忍受不住她那多肉的身躯，因而马上用脚趾登上高处——我在她旁边感到自己很干瘪①——在行李车厢里②，煤气灯的白铁皮罩子其形状就像一顶平平的姑娘帽子——在房子

① 从"年轻的意大利女人……"起到此为止，这一段日记所记的又回到去米兰的旅途见闻。——原注
② 这里指在米兰火车站到达时的情况。——原注

里有各种各样的栅栏支在下面——在通往斯卡拉人口处的拱门下面时我们寻找这座著名的歌剧院，当我们走到广场上面对它那简朴的干净的立面时，对于这种疏忽也就不感到惊奇了——伸向城市中心的繁忙的交通受到人们越来越多的称赞，我们站在大教堂广场上看到的尽是围绕着菲托里奥·埃马努埃尔纪念碑徐徐行驶的电车，我转过身去寻找旅馆——我对两个房间之间的连接感到很高兴，这种连接是通过一扇双重门构成的。每人都可以打开一重门。马克斯认为这也适合于已婚夫妇。——先是将一个想法写下来，然后朗读，并不是朗读着的时候去写，因为后来只有在内心中已经形成的开头才会成功，要不然继续写下去的东西就会逃脱。——在大教堂广场上的一个咖啡屋的小桌旁谈到假死和心刺。马勒①也要求过心刺。原来计划在米兰的逗留时间，由于这次谈话来自我这方面的尽管只是一次小小的反对而大大缩短了。——大教堂的许多尖顶令人感到讨厌。——决定性的下一步计划是去巴黎：在卢加诺看到《埃克塞尔西奥报》的瞬间，去米兰旅行完全不是出于自己意愿而去购买经普尔托·塞雷西奥到米兰的车票，从米兰去巴黎出于对霍乱的恐惧，又是出于对这种恐惧的补偿要求。此外，计算一下这次旅行在经济上和时间上的优点。

一、里米尼②—奥斯坦德—热那亚—内尔菲（布拉格）

二、北部意大利湖泊，米兰（布拉格），热那亚（洛迦诺和

---

① 古斯塔夫·马勒（1860—1911）：奥地利作曲家兼指挥家，他于1911年5月18日逝世。——译注

② 里米尼为意大利东部海港城市，濒临亚得里亚海，有许多古罗马和中世纪文化古迹。——译注

卢加诺^①之间捉摸不定）

三、略去马吉奥莱，卢加诺、米兰，城市游览直至波伦亚^②

四、卢加诺—巴黎

五、卢加诺—米兰（多住几日）—马吉奥莱

六、在米兰：直接去巴黎（也许去枫丹白露^③）

七、在施特莱萨^④下车，从这里对这次旅行第一次有一个美好的回顾和展望，这次旅行持续的时间较长，因此被拦腰截住——我还从来没有像在画廊^⑤里那样见过这么矮小的人——马克斯强调，画廊是那么高大，犹如人们在旷野中看房屋一样，我用一个已经忘记了的抗辩意见予以否定，就好像我总是在为这个画廊说项似的。——这画廊几乎没有什么多余的装饰，它一点儿也不挡住视线，因此，也由于它的高度看上去好像很短，但也忍受下来——它构成一个十字形，可以让空气自由地流通——从大教堂的屋顶上看去，面对画廊的人看上去似乎又变得高大了——我完全不能以画廊来感到自慰，因为我并没有看到古罗马的

---

① 洛迦诺（Locarno）和卢加诺（Lugano）：这两个城市都是瑞士提契诺州的旅游城市；前者还是1925年10月欧洲七国签订《洛迦诺公约》的所在地。——译注

② 波伦亚：位于意大利中北部，是一座省会城市，市内有著名的教堂和宫堡，还有欧洲最古老的大学（建于12世纪）。——译注

③ 法国城市名，在巴黎东南部，市内有建于16世纪的宫堡，内藏丰富的艺术珍品。——译注

④ 施特莱萨：意大利西海岸一城市名。——译注

⑤ 这里是回想，指米兰的菲托里奥·埃马努埃尔画廊，它与大教堂广场以及斯卡拉歌剧院相连。——原注

遗迹——

　　在走廊深处的妓院上面一条横幅标语上写着：阿尔·维罗·艾登。繁忙的交通大多数是通过一条条街巷之间的联络而形成的。在周围的狭窄街巷里走来走去。这些街巷都很干净，虽然狭窄但多数都有人行道，有一次我们从一条狭窄的街道看到另一条直角拐弯的街道，在一座房屋的最高楼层上有一个女子倚着窗栏——我当时无论如何是很果断的，我感到总是处在那样的情绪之中，我的身体变得越来越重。——姑娘们讲她们的法语就像少妇一样。——米兰的啤酒闻起来像啤酒，喝起来像葡萄酒。——马克斯只是在写东西的时候才对已写好的东西表示遗憾，后来就从不表示了。

　　马克斯出于害怕带了一只猫在阅览室里散步。

　　这姑娘坐着，她的肚子在互相交叉的两腿上面，透明的衣服里毋庸置疑是无拘无束的，当她站起来的时候犹如面纱后面的舞台布景，形成一个最终可以忍受的少女的身躯。法国女子，对于决定性的目光来说，她的甜美首先表现在圆润的、非常细致的、在闲聊时又十分亲切的屈膝之中——一个类似指挥官的纪念像式的人物，她把刚挣来的钱塞进长筒袜里。——那位白发老人，他把两手重叠在一起放在一只膝盖上。——门边的那位女子，她那凶狠的面孔是西班牙型的，她把双手插在腰间是西班牙式的，她将自己的身体伸展在丝绸制成的一种紧身式的衣服里。[她的阴毛从肚脐密密地延伸到阴部。]——我们那里，在妓院里的德国姑

39

娘使她们的客人在片刻间疏远了她们的国家，这里的法国姑娘也是这样做的。也许她们没有足够的有关本国状况的知识。——为冷饮而受到惩罚的热情：一杯石榴糖水饮料，在剧院里两杯糖渍橙皮汁，在科尔索·埃马努埃尔旁边的酒吧里一杯糖渍橙皮汁，在画廊的咖啡屋里一杯冰镇的果子汁，一瓶法国梯也里的矿泉水，这矿泉水较早以前一下揭开了它的多种作用，令人悲伤地走去睡觉，从床上进入一幅有强烈的意大利风格的有立体感的城市图像中，它是通过侧面的一扇有些向外凸起的窗户产生的，毫无希望地醒了过来感到干燥挤迫着所有的咽喉壁膜。——警卫人员一点儿也不像当官的修饰得那么时髦，当他们执行公务时一只手里拿着脱下的线手套，另一只手里拿着小棍。[——娼妓们在大教堂广场上和画廊里跑来跑去——马克斯由于去了妓院在早晨表示歉意，请求原谅]

<1911年>9月5日

在斯卡拉广场上的商业银行——家里的来信。[——大便相当多。]——给公司领导写明信片：["我想从这张明信片和接着的第二张明信片向您寄去意大利的邮票，并容许我借此机会向您致以衷心的问候。"①]——十分惊异地进入像在卡登纳比亚所见到过的在棕色门帘之间的大教堂。——要求提供一张大教堂的建筑图，因为大教堂的四周就是一种纯粹的建筑艺术的表现，绝大

---

① 这明信片可能是寄给欧根·普福尔（Eugen Pfohl）的，但卡夫卡最终并没有寄出。——原注

部分地方没有设置长椅，柱子上有少量的立式雕像，在远处的墙上有少量模糊不清的画像，个别参观者站在地面上将其作为衡量自己身材大小的标准或自己走动时作为伸展肢体的标准。——宏伟壮丽，但让人很快想到画廊。旅游不做笔记没有责任感，只为自己生活。千篇一律的时日一天天消逝的那种死亡的感觉是不可能的。——登上大教堂的屋顶。一位走在前面的年轻的意大利人使我们的攀登感到轻松了许多，他哼着一支小曲，并准备把上衣脱掉，他通过墙上的裂缝朝外观看，可是透过墙缝只看到太阳的光线，他总是在轻扣号码机，它显示出走了多少级台阶的数字。——从前面的屋顶长廊远眺。下面电车的机械装置已经有些损坏，它们在通过轨道的拐弯处时滚动得那么微弱。从我们的位置看过去，一位售票员赶忙斜着身子奔向他的电车，然后又跳了上去。——个像男人形状的滴水嘴，已经从它里面取出了脊柱和脑髓，以便使雨水有一条通道。^①——在每一扇很大的彩色窗户上面，居支配地位的是在单幅图画中总是不断再现的一件衣服的色彩。——马克斯说：火车站在一家玩具商店的陈列窗里，铁轨组合成圆形并不通向任何地方，这是米兰留下的最强烈的印象。在这个陈列窗里那种连着大教堂的组合兴许正是通过这种努力来展示这个地区的多姿多彩，这是很清楚的。——从大教堂的后面人们正好仰看到教堂屋顶的大钟。——马克斯说：通往

---

① 教堂屋顶的大多数滴水嘴都为富有想象力的动物形状，卡夫卡在这里描述的却是"男人形状"。——原注

卡斯特尔^①的道路由于只看到那口大钟而被挡住了。——福萨蒂剧院——到施特莱萨^②的旅程。在挤得满满的车厢里那些睡着了的人就像浮雕一样———一对情侣。

下午在施特莱萨，9月6日星期三，变得愤怒异常，晚上找了好几家旅馆。

9月7日星期四，洗澡，写了几封信，离开这里。——在公众场所睡觉。——9月8日星期五，旅行，一对意大利夫妻，一个自称萨卢斯的夫人^③——神职人员——美国人——两个法国小姑娘屁股上的肉长得太多，蒙特勒^④。

两条腿一步一步地走在宽阔的巴黎街道上——在床柱边洗脚——夏季饭店的夜间小灯[——在香榭丽舍大街^⑤上的普通的椅子和弹簧垫沙发椅]——协和广场的设计将其魅力一直推向遥远的未来，人们的目光是很容易发现它的，只要这目光是在寻找它。

---

① 这里指的是卡斯特罗·斯福采斯科，一个小村，从大教堂的屋顶上可以望见。——原注

② 意法边境上属意大利的一个地方，海拔210米，紧靠拉戈·马季奥雷湖，为避暑地。——译注

③ 这里指奥尔加·萨卢斯，她是布拉格作家胡戈·萨卢斯的妻子。——原注

④ 瑞士沃州一城市名，日内瓦湖东北岸的疗养地。——译注

⑤ 巴黎市中心的著名大街，以宽阔的林荫道闻名于世，法国总统府爱丽舍宫也坐落在这条大街上。——译注

佛罗伦萨画派（15世纪）苹果画面①——

丁托尔②——苏珊娜

西蒙纳·马尔蒂尼1285③（西奈画派），耶稣基督步行到卡尔费勒。

曼坦那（1431—1506）④罪恶的智慧胜利，威尼斯画派。

提香（1477—1576）⑤宗教评议年会。

拉斐尔⑥：阿波罗和马尔西阿斯。

---

① 卡夫卡的笔记中记录的一些画派、画家和画面都是参观巴黎罗浮宫绘画馆时的一些摘要，但其中也有一些笔误。——原注
② 即丁托列托（1518—1594）：意大利文艺复兴后期的重要画家，威尼斯画派的代表之一。——译注
③ 西蒙纳·马尔蒂尼（1284—1344）：意大利画家，西奈画派的主要代表。卡夫卡把马尔蒂尼的出生年误写为1285。——译注
④ 安德烈·曼坦那（Mantegna）：意大利文艺复兴时期的重要人文主义者，巴杜亚画派的主要代表。——译注
⑤ 提香：意大利文艺复兴盛期威尼斯派画家。——译注
⑥ 拉斐尔（1483—1520）：意大利文艺复兴盛期画家、建筑师。——译注

委拉斯开兹（1599—1660）①西班牙国王菲利普四世肖像。

雅科布·约尔丹斯（1593—1678）②饭后音乐会。

鲁本斯③凯尔梅塞

宠儿的糖果
小田园街④

穿着晨服的洗衣妇

小田园街，如此狭窄，使它终日都在阴影之中，即使有一排房屋完全被太阳光照着，在照射中的这种差别如此接近互相紧挨着的房屋。

士兵的津贴
匿名的公司　　　歌剧院大街

① 委拉斯开兹：西班牙画家，受意大利文艺复兴时期诸大师的绘画影响。——译注
② 约尔丹斯：佛兰德画家，与鲁本斯和凡·戴克齐名。——译注
③ 鲁本斯（1577—1640）：佛兰德画家，1600—1608年在意大利研究文艺复兴时期绘画艺术，回到家乡后融合尼德兰和意大利艺术传统，复兴了佛兰德画派；他也是巴洛克风格的代表画家。——译注
④ 小田园街：巴黎第一区一条著名的街道，卢梭、雨果等文化名人曾住过这里。——译注

一百万资本
· · · · ·

罗伯特——萨穆埃尔——

大使[①]——连续急促的擂鼓声伴随着在双S信号中预示即将来临的吹奏乐，在此之前这鼓手的鼓槌在欧式的动作中还正生气勃勃地上下挥动着，而四周寂静无声。

里昂火车站[——出租计程车的公司。]——挖土工人的裤子背带的代用品是围住身体的具有多种颜色的绶带——我真不知道，是否我睡过了头，在车上整个上午我都想着这件事——注意，人们并不把这些照料儿童的姑娘看作是德国儿童的法国家庭女教师——[由于马克斯的遗精误认为必须进行一次早晨的冲洗——因此法国的……]

[关于一个站在舞台上帷幕前的人物的个性并无把握，这人物在指挥乐队队长

在公众前排练（时常中断）。为这次演出需要排练
铺上小石块的地面[②]]

---

① 指巴黎香榭丽舍大街上一家名为"大使餐馆和咖啡音乐会"的饭馆。——原注
② "关于……地面"这几行笔记大概是与在"大使餐馆和咖啡音乐会"里所见情况有关。——原注

1668年5月17日攻占萨林^①，拉法吉^②

两个朋友，一个穿红色的衣服骑在一匹白色的马上，一个穿深色的衣服骑在一匹深色的马上，正从背景里被包围的一座城市骑马过来休息，迎接他们的是即将来临的大雷雨。

1786年6月23日路易十六游瑟堡^③

载着路德维希的船，他伸出手来指向瑟堡，给站在他后面的两个廷臣做了一个生动的解释，首先是朝向一个将双手搁在胸前的人，至于船上的人员每边有三行，他们齐心协力划着桨向陆地方向驶去。穿着轻盈服装的妇女们在地上跃起迎向他们，一个男子正通过望远镜看着。车辆已停在那儿。别的船上的人纷纷踏着跳板登上岸去，有一个人正被人往前拉。

1809年7月5日夜至6日，拿破仑宿营在瓦格拉姆战场的营地^④。拿破仑独自一人坐着，将一条腿平放在一张低矮的桌子上。在他后面是一堆正冒着烟的营火。他的右腿的影子和桌子腿、椅子腿的影子在前面辐射状地围绕着他。宁静的月亮。不远

---

① 从这里开始至下两段末是参观凡尔赛宫画廊的一些绘画作品的记录。——原注

② 普罗斯佩尔·拉法吉：法国风俗画和历史画家。——原注

③ 此画作者为路易-菲利普·克雷潘，法国海景画家。瑟堡为法国西北部重要港口城市。——原注

④ 此画作者为阿道夫·罗恩，法国风俗画和历史画家。瓦格拉姆为维也纳东北部一地名，1809年7月5日—6日法国军队在拿破仑统率下在这里战胜奥地利军队。——原注

处，围成半圈的将军们看着营火也在看着他。

很有特征的表面景象：衬衫，尤其是洗涤的衣物，饭店里的餐巾，食糖，大多数两轮车上的大车轮，每辆车上依次套着的马匹，塞纳河河面上的汽轮，阳台将房屋横向分开以此加宽了这些房屋的平面横截面，平整宽大的壁炉，折叠起来的报纸。

画上线条的巴黎：

那些从平面的壁炉延伸出去的高高的细细的烟囱（装饰着许多纤小的花盆形状的东西），那些毫无生气的古老的枝形煤气路灯，那些百叶窗的横线条，在城郊有些房屋的墙壁上留有画上了横线条的脏兮兮的痕迹，那些屋顶上的镶边木条，这种镶边木条我们在里弗里大街上看到过，那种大宫殿的有线条的玻璃屋顶，那些商行房间被线条分隔开来的窗户，那些阳台的栏杆，那座用线条构成的埃菲尔铁塔，我们窗户对面阳台门的两边和中间的镶边木条的巨大的线条效果，露天放的小椅子和咖啡馆里的小桌子，它们的腿就是线条，向公众开放的花园里的有金色尖儿的栅栏。

[参观百货商店]

在大笑的时候一杯加上苏打水的石榴糖水饮料多么容易通过鼻子走掉（喜剧歌剧院前面的酒吧）。

47

[有模仿价值的：比亚咖啡馆①，转来转去的小商贩，杜瓦尔②，火车站里的列车都停靠在露天。

林荫大道旁的鞭打
马克斯得了感冒
保存一个没有获奖的筹码

___

航空计划]

___

车站的月台票，对家庭生活的粗暴侵犯是人们所不知道的。

[德·克莱利大街一直登上高空又回落到地面

阿蒂尔·布歇上校

《明日战争中胜利的法国》。这位老作者、参谋部军事指挥官展示了这一前景，一旦法国遭受袭击，它将进行必胜无疑的自卫。③]

---

① 统一设置的连锁咖啡馆的名字。——译注
② 统一设置的连锁快餐店的名字。——译注
③ 1911年9月17日卡夫卡从瑞士埃伦巴赫疗养院里写了一封信给马克斯·勃罗德，告知他"为了你的战争专栏，我在巴黎把一本书的书名连同简介都抄了下来"。这段抄下的文字原文为法文。勃罗德的文章《战争的巴黎》后来发表在《三月》杂志1911年11月号上。——原注

单独一人与一位重听的夫人待在阅览室里①，当她向别的什么地方看望的时候，我的自我介绍完全是徒劳的，她认为我所指的是外面正下着的雨而且天气还要继续闷热下去。她将卡片放在一本摊开的书的旁边正在认真地看着，头支撑在握成拳头的手上，这只手里大概还有上百张没有使用过的两面印有袖珍画的小卡片。在我旁边，后背朝向我有位年纪较大身穿黑色衣服的先生，正在阅读《慕尼黑最新消息》。——外面大雨滂沱。——与一位犹太金匠同行。他来自克拉考②，大约有二十多岁，曾在美国待过两年半，现在在巴黎已经生活了两个月，但只找到十四天的工作。工资极其微薄（每天只有10法郎），工作的地方也很糟糕。如果一个人新来到一个城市，他不知道他的工作价值多大。在阿姆斯特丹的美好生活。喜欢嚷嚷的克拉考人。人们每天知道在克拉考发生了什么新鲜事，因为总是有某一个人到那里去或者总有某一个人从那里来。整条长长的街道上的人都只讲波兰语。在纽约有很高的工资，因此那里所有的女孩都挣许多钱，并能将自己打扮一番。在这方面巴黎无法与之相比，在林荫大道上跨出第一步就表现出来了。他之所以离开纽约，是因为他的同胞在这里，又因为他们给他写了信：我们生活在克拉考而且也挣钱，你还要在美国逗留多长时间呢？完全正确。为瑞士人的生活欢欣鼓

---

　　① 这里指苏黎世湖旁埃伦巴赫疗养院的阅览室。卡夫卡和马克斯·勃罗德共同旅游后，勃罗德先回到布拉格，卡夫卡又从1911年9月14日至20日一人留在疗养院里一个星期。——原注

　　② 克拉考：即波兰的克拉科夫，该城市的归属屡有变化，1846—1918年属于奥地利，1918年一次大战后归属波兰。——译注

舞。这必然会成为非常强大的人们，如果他们是这样在大地上生活并发展畜牧经济的话 。还有那些河流！主要的是，人们在起身之后要向流水走去。——他有着长长的、打卷儿的头发，只是偶尔用手指梳理一下，两眼闪着强烈的光芒，微微弯曲的鼻子，面颊上有两个酒窝，美国式剪裁的西服，已经破损的衬衫，随意套上去的短裤。他的箱子不大，但他提着它下车时好像提着一个重物。他的德语由于英语的声调和措辞而使人莫衷一是，那些行话隐语就更莫名其妙了，英语的色彩是那么的强烈。在一夜的行车之后仍然非常活跃。"您是奥地利人？是呀，您也有一条这样的雨领子，所有的奥地利人都有这个。"我把袖子拿了出来，以此证明那不是领子而是一件大衣。他继续在这方面坚持，所有的奥地利人都有领子。他们就是这样围上它的。——这时候他又转向第三个人，并向他指出他们是怎样做的。他真的这样做了，就好像他将有些什么东西固定在衬衫领子的后面，他摇动着身体为了看一下是否已经牢固了，然后将这个什么东西先拉过右面的胳膊，接着拉过左面的胳膊，最终将自己全包上了，如人们所看出来的，直到他恰好感到舒服暖和为止。尽管他坐着，两腿的动作却表示了一个奥地利人在这样一条领子里可以多么轻松地、完全无忧无虑地走动着。在这种情况下几乎完全没有嘲讽，相反地它表明一个人做了多次旅行并由此看到了一些事情。当然这中间混杂着些许天真的孩子气。

我在疗养院前面的昏暗的小花园里散步。

伴随着一支《神奇魔角》的乐曲的晨操，这支乐曲是由一个人看着谱子用铜管乐器吹奏的。

秘书每年冬天都要徒步旅行，去布达佩斯、法国南部、意大利。赤脚，只是以生的素食品为生（未去麸的粗面包、无花果、枣），与另外两个人在尼察①附近住了十四天，大多数情况下一个人赤身露体住在一所被遗弃的房子里。

胖胖的小姑娘，她时不时地抠抠自己的鼻孔，聪颖但并不十分漂亮，一个没有前途的鼻子，她名叫瓦尔特劳特，一位小姐谈到她时说她有一些闪光的东西。

餐厅里的柱子，对这些柱子我在有立体感的城市图景中感到惊异（高大、辉煌，完全是大理石的），为了这个缘故当我在一艘小汽轮上摆渡的时候咒骂我自己，因为这些柱子根本就是非常普通的那种用砖头建造的柱子，上面画了粗糙的大理石花纹，异乎寻常的低级。

面对我的窗户的梨树下有一个男子在和一个我看不清楚的楼底层的姑娘进行愉快的谈话。

当医生一而再地听诊我的心脏时有适意的感觉，总是想把身体摆弄成另一个样子，也未能搞清楚问题的所在。他在我的心脏区抚摸的时间特别长，延续了那么长的时间，好像几乎是心不在焉。

夜间车厢里女人们在争吵，她们把车厢里的灯都遮蔽了。躺着的法国女人在黑暗处叫喊起来，而被她的双脚挤到墙边法语讲得很差的年纪较大的妇女竟不知所措。按照那个法国女人的意

---

① 尼察（Nizza）：法文名为尼斯（Nice），法国南部港口城市，濒临地中海。——译注

思她应该离开这个位置，将她的许多行李挪到另一边，挪到后座去，这样自己就可以在这里伸展开来了。从我的车厢里出去的那位希腊医生，用拙劣的可是很清楚的、好像是建立在德语基础上的法语明确地指出法国女人的不对。我叫来了列车员，他将她们分开了。

———————————

又和那位夫人①在一起，看来她也是一个喜欢写东西的傻瓜。她身边带着一个书信夹，里面有许多信纸、卡片、笔尖和铅笔，这些东西总的说来对我很亲切，令人鼓舞。

———————————

现存这里像是在一个家庭里。外面下着雨，母亲摊开卡片儿子在写。此外没有别人在房间里。因为她是重听，要不然我也能叫她母亲。

尽管我极其厌恶"伤寒"这个词，我却将它看作是真实的，通过自然疗法和与此有关联而产生的一种新的伤寒，譬如费伦贝格②先生所代表的那种伤寒，诚然我对这位先生只是表面认识。患这种伤寒的人只有薄薄一层皮，脑袋相当小，看上去过分地爱干净，具有一两种小小的不属于他们的独特细节（在费先生身上表现为缺少牙齿，腹部突出），非常瘦弱，而这种瘦弱好像与他们的身体相匹配似的，这就是把脂肪压下去，治疗他们的健康，

———————————

① 这里指本书第49页上提到的那位有重听的夫人。——原注
② 弗里德里希·费伦贝格：设在埃伦巴赫的"费伦贝格自然疗法疗养院"院长。——原注

似乎这兴许是一种疾病，或者至少这兴许是一种功劳（我无意对此进行责备），一种如此勉强的健康感觉带来了一切其他的后果。

———————————

在喜剧歌剧院的顶层楼座里。第一排有一位先生穿着男式小礼服，戴着礼帽，在最后一排有一个男子穿着衬衫（他还将这衬衫向上翻起，以便露出胸来），准备上床去睡觉①。

———————————

这个吹鼓手，我兴许把他看作是一个有趣而幸福的人了（因为他十分机灵，有敏锐的思想，他的脸腮上长满了粗短的金黄色胡须，至颌下则成了一撮山羊胡子，他的双颊红润，眼睛碧蓝，衣着很实际），今天在谈到有关他的消化系统的疾病时目光紧盯着我，这目光从两眼中射出异乎寻常的强烈，他的这双眼睛简直要鼓出来了，他遇见我后又歪歪斜斜地向田野走去。

———————————

在瑞士存在着无休止的民族争吵。比尔②，一个在几年前完全是德国式的城市，由于许多法国钟表匠的迁入而处在变成法国化城市的危险中。提契诺州，这个唯一讲意大利语的州想脱离瑞士。有一个民族统一运动③。意大利人因为在七个名额的联邦委

———————————

①　这里又回忆起1911年9月8日在巴黎喜剧院观看一场演出时的情景。——原注

②　瑞士伯尔尼州的一个城市名。——译注

③　政治上的独立运动，原指1870年后在意大利掀起的为收复被邻国统治的少数民族地区而进行的民族统一运动，这里指讲意大利语的提契诺州归并入讲母语的意大利。——原注

员会里没有代表，兴许在他们的小小数字里（大约十八万人）他们在联邦议会里得到九个名额是理所当然的，但人们并不想改变这个数字。戈特哈德铁路[①]是德国的私人企业，有德国的公职人员，他们在贝林佐纳[②]建立了一所德国学校，现在它已经国有化了，意大利人要用意大利的公职人员，并要取消德国的学校。而事实上只有州政府能够决定教育事业。瑞士全部居民三分之二德国人，三分之一法国人和意大利人。

———————————

有病的希腊医生，他在半夜里用咳嗽把我从车厢里赶了出来，强调他只能吃羊肉。因为他一定要在维也纳过夜，他请求我为他写下这句话的德文表达方式。

———————————

仍然下着雨，后来我完全独处一人待着，我的不幸总是就在眼前。在餐厅里大家一起玩，我由于力不能及而没有参加这些玩乐，是啊，尽管如此，我最终只是写了差强人意的东西，可是，我对这种器官的孤寂既感觉不到丑陋又感觉不到侮辱，既感觉不到悲伤也感觉不到痛苦，好像我只是由骨头组成的。在这件事上，我相信我感到了我那阻塞了的肠子的上部区段有了一些胃口，这使我非常高兴。那位用一只锡制器皿给自己取牛奶的夫人，在她又去摆弄她的卡片前，走回来问我："您到底在写

———————————

① 戈特哈德铁路：最重要的阿尔卑斯山地区的铁路之一，1882年通车，连接德国经卢塞恩或苏黎世直通意大利，其中有著名的圣戈特哈德隧道；这条铁路1909年起成为瑞士联邦铁路（国有化）。——译注
② 贝林佐纳：瑞士提契诺州首府。——译注

什么东西？观察体会？日记？"这时她也知道，她不会明白我的回答，可是她还紧接着问："您是大学生吗？"我没有想到她的重听便回答："不，但我当过大学生。"这时她已经又在摆弄卡片，我说着这句话孤独地站在那儿，因为这句话的重要性我不得不又看了她好一会儿。

———————————

我们两个男人和六七个瑞士女人坐在一张桌子旁。当我只是在盘子差不多空了的时候，或者出于无聊而环顾大厅四周的时候，那距离最远的菜盘就在女人们（我一股脑儿把她们叫作太太和小姐）的手中端起，并迅速地递过来，当我说谢谢的时候，并不想再按照同样的途径慢慢地递送回去。

———————————

《被围困的巴黎》
费朗西斯克·萨尔赛著
1870年7月19日宣战。[①]一些时日以来的变化无常的名人。——书本身在变换着特征，同时它在描写巴黎时变换着特征。——同样的事物赞扬和指责各半。失败后的巴黎的静寂，一会儿是法兰西的轻率鲁莽，一会儿是法兰西的抵抗能力——色当共和政体后的9月4日——工人和国家卫队在梯子上用锤子敲打公共建筑物上的N——在宣布共和政体后的八天，热情还是如此高涨，以致没有人去为防御工事而工作——德国人向前推进了。巴黎人

———————————

① 以下卡夫卡的节录出自《被围困的巴黎》一书，1871年在巴黎出版。——原注

的笑话：麦克-马洪①在色当被俘，巴泽内②交出了梅斯，最终这两支军队实现了它们的联合——受命对城市近郊进行破坏——三个月不通消息——巴黎从来没有像在包围开始时那样的一种胃口——甘必大③组织了乡下的起义。有一次还幸运地得到他的一封信。可是他并没有告知所有被烧毁的详细资料，而只是写了巴黎的抵抗力量受到全世界的敬仰。——梯也尔④考察宫廷——疯狂的俱乐部集会。在将里亚特中学里的一次妇女集会。"妇女们面对敌人应该如何保卫她们的名誉"用上帝的旨意或者更确切地说用氢氰酸的旨意。那是一种用橡胶做成的顶针，妇女们将它套在手上。如果一个德国士兵来了，那就把手伸给他，他就被刺入，鲜血喷溅出来——研究所用气球把一位学者送往阿尔及尔去研究日食——人们吃去年的栗子、种植园里饲养的牲畜——直至最后一天人们还能在几家餐馆里吃到所有的东西——这位名叫霍夫的中士，由于他对普鲁士人的谋杀，作为他的父亲的复仇者已变得如此闻名，后来他消失不见了，并被认为是一个间谍——军队的状况：个别前哨人员与德国人共同喝酒确认亲密友谊——路易·布

---

① 麦克-马洪（1808—1893）：贵族出身，法国元帅，1870年在色当受伤并被俘。——译注

② 巴泽内（1811—1888）：法国元帅，指挥莱茵军团，在梅斯被德军包围，1870年10月27日投降。——译注

③ 莱昂·甘必大（1838—1882）：法国政治家，1870—1871年作为国防政府成员领导了保卫巴黎的斗争，他也是各省武装反抗普鲁士的组织者。——译注

④ 阿道夫·梯也尔（1797—1877）：法国政治家、历史学家，曾多次担任内阁部长，1871—1873年任法兰西共和国总统。——译注

朗①把德国人与学习过技术的莫希干人②相比较——1月5日开始重炮轰击。并不很多。如果有人听到咝咝的榴弹声，那就接受命令卧倒。街上的青年人，也有成年人，站在小水坑的地方，不时地叫喊"小心炮弹"——有一段时间在巴黎的尚齐将军成了希望，但他像所有其他人一样失败了，人们当时也并不知道他所以有名气的缘由，尽管如此在巴黎的热情是这样的强烈，以至于萨尔赛还在写他的这本书的时候就在心中感到了对尚齐的一种模糊的、毫无根据的钦佩——来自当时的巴黎的一日：林荫大道上阳光灿烂风和日丽，散步的人悠然自得，面对市政厅的地方有了变化，公社社员在那儿起义，有许多死人，来了不少军队。在河的左岸普鲁士的榴弹发出咝咝的响声。码头和桥上都寂静无声。回到法兰西剧院。观众刚看完《费加罗的婚礼》的演出往外走。晚报也刚好出版，这些观众成群结队地围聚在报亭四周，孩子们在香榭丽舍大街上玩耍，星期日的散步者好奇地向一支骑兵中队观望，这支队伍吹着军号策马而过。出自寄给母亲的德国人的信：你想象不到巴黎有多大，而且那些巴黎人都是些滑稽的人，整日间吵吵嚷嚷。——十四天来巴黎没有热水——到一月底四个半月的包围结束。

　　<1911年9月>20日　在车厢里老年妇女十分友好地交往。有

_____

　　① 路易·布朗（1811—1882）：法国社会主义者和历史学家。——译注

　　② 莫希干人：属古代阿尔冈系，是北美印第安人之一族，现已被灭种。——译注

关老年妇女被汽车轧死的故事，她们在旅途上的方式方法：从不吃酱汁调料，把肉食取出来，在车子行驶时闭上眼睛，但此时要说话，要吃水果、面包，不要吃坚硬的牛肉，过街时请男士领过街道，樱桃是最难吃的水果，救救老年妇女。[①]

在米兰火车站的暹罗人车厢[②]。

列车里一对年轻的意大利夫妇去施特莱萨，还有另外一个人去巴黎。那位丈夫只是一味地在接吻，他在从窗户向外观望时只见他的肩膀紧挨着她的脸蛋。当他因为太热而把上衣脱去并闭上双眼时，她好像在更为细致地端详着他。她并不漂亮，她只有薄薄的卷曲的头发遮住脸孔。然而还有另一个戴着面纱的女子，一只眼睛常常被面纱上的蓝色圆点所遮住，她的鼻子似乎一下子被截断了，她的嘴边的皱纹是年轻人的皱纹，似乎是为了显示她的青春活力。当她沉下脸来的时候，她的眼睛转来转去，就像我在我们那儿所看到的只是那些戴眼镜的人那种样子。

所有的法国人都在努力地与人们接触，至少在这个时刻要尽力纠正那些人糟糕的法语。

---

① 看来这一段是记录乘火车回布拉格时的情况。——原注
② 暹罗人：泰国人的旧称。这里是指1909年时米兰火车站的国际列车段每两节车厢连接在一起可以自由走动的新型车厢。这个词（Siamesenkoupee）出自暹罗双胎（连体双胎：siamesische Zwillinge），并不是指只供暹罗人乘坐的车厢。——原注

年轻的、脸不是刮得很干净的神职人员与那个展示着几十包风景明信片的旅游者在一起，神职人员在评论这些明信片。我向他看去，也因为是受到一些热情的影响，我看得那么专注，以至于我的整只靴子后跟踩在了他的僧衣上。他说没关系，并连续地说，还总是用意大利语"啊！"显出了强烈的呼吸气息。

　　坐在我们所乘的车子里面对旅馆的选择不可能有可靠的决断，看来我们也只好任凭车子漫无目的地朝前驶着，一会儿驶进一条小巷，然后又让它返回到主要干线上，整个上午就来往于哈伦附近的里弗里大街一带①。

　　[第一次走上我的阳台环顾四周，好像我

　　对比亚咖啡馆的早餐渐渐有了改进的描述]

　　[尤利庇特——希腊的国王]

　　[剧院里的贝蒂娜和奥伯斯特：贝蒂娜可不可以把头搁在你

　　① 从这一段开始是卡夫卡在布拉格写的对巴黎的回忆。卡夫卡和马克斯·勃罗德最后住在里弗里大街83号圣玛丽旅馆（参见马克斯·勃罗德《旅游日记》）。——原注

的手臂上呢？如果贝蒂娜身上没有长虱子。①]

———————————

第一次走上我的阳台环顾四周，好像我现在正在守卫这个房间，这时我因夜间行车显得如此疲惫，致使我不知道，我是否有能力整天在这些街巷里跑来走去，特别是像我现在从上面所看到的还没有我出现的那些街巷。

———————————

巴黎的误解开始。马克斯走上来进入我的旅馆房间，因我还没有准备好，并且正在洗脸，他便为此而十分生气，在这之前我确实说过，我们只要稍微洗一下，便可以立刻出去。因为我以为稍微洗一下只是排除了洗整个身体，而其意刚好是把脸洗一下，此时我还没有洗完，我不理解他的指责，继续洗脸，即使没有像过去那么仔细，正是在这个时候马克斯穿着他那由于夜间行车非常脏的衣服坐在我的床上等待。②他有这样的习惯而且现在也显露出来了，这就是他在指责时总是虚情假意地抽紧着嘴巴，当然也包括整个脸孔，仿佛这样一来他一方面可以促进对他的指责的理解，另一方面他想要表示，只有他刚才做出的那张虚情假意的脸孔才阻止了他给我一记耳光。在我迫使他做出违反他本性的这种虚伪行为里面，还存在着一种奇特的指责，看来这种指责他是针对我的，如果他沉默不语，并将他的脸孔朝向相反的方向，从虚情假意中恢复过来，也就是说从嘴巴的表情放开来，然后各方

———————————

① 有[ ]符号的这几行文字，与下面重复或者与卡夫卡的旅游笔记没有什么关联，故被勃罗德删掉。——原注

② 以上情节可参阅马克斯·勃罗德的《旅游日记》。——原注

面都从紧张中放松，这样一来其效果自然要比最初的那张脸孔强得多。我对此表示理解——即使在巴黎也是如此——由于疲劳我又陷入自我之中，那种脸孔的影响根本与我联系不上，为什么我后来能在我的痛苦之中表现得如此强而有力，坦率地说这是由于最最完全彻底的无所谓，这样当着他的面我便能够毫无负疚感地表示歉意。这在当时在巴黎使他感到安慰，至少看上去是这样，因此他与我一起踏上阳台，谈论远处景色，首先，它是多么具有巴黎风光啊。其实我只是看到了马克斯是多么有精神，他肯定是多么地适合任何一个模样的巴黎，这点我当时根本没有觉察出来，就像他现在从他那阴暗的后房间里走出来，自从一年来第一次在阳光下踏上一个巴黎的阳台，并对此觉得十分有价值，而遗憾的是当我在马克斯之前的一刹那瞬间第一次踏上阳台的时候却明显地感到比较疲乏。我在巴黎的疲乏不是通过充足的睡眠所能消除的，而是只能通过离去才能消除。有时我甚至把它看作是巴黎的一种特性。

其实我写下这些并没有什么厌恶之意，可是它却在每个词语上跟踪着我。

我起先对比亚咖啡馆很反感，因为我相信人们在那里只能得到黑咖啡。事实证明，那里也有牛奶，而且还有即使只是差强人意的海绵状的烘制糕饼。这几乎是我为巴黎想起的唯一需要改进的事情，那就是人们应该在这样的咖啡馆里置备一些更好的糕点。后来在用早餐之前，这时马克斯已经坐下，我想去旁边的街

道随便走走，寻找水果。在去咖啡馆的路上我总是先要吃一些东西，这样可以使马克斯不至于太惊讶。我们曾在凡尔赛蒸汽铁路车站附近的一家很好的咖啡馆里做过成功的尝试，从一家面包糕饼店买来苹果卷和杏仁饼当着一个靠在门上向我们观望的服务员的面吃完，我们将这个情况在比亚咖啡馆里做了介绍并感觉到，人们因此除了享受纯美的糕饼之外还可享受这种咖啡的原汁原味的优点，也就是享受在这家相当空荡荡的酒馆里的那种完全令人觉察不到的东西，很好的服务，柜台后面和总是敞开着的店铺门前的所有的人的亲密无间的交往。只是人们必须忍受这样的事实，地板要常常清扫，因为直接从街巷里走来的在柜台边挤来挤去的客人众多，而且也因此无法去关注客人们的习惯。

――――――

看着在凡尔赛蒸汽铁路段上的一些小酒吧，似乎这对于一对年轻夫妇来说开设这样一个酒吧，同时过上一种极好的、有趣的、没有风险的、只是在白天一定时间里花些精力的生活，是很容易的事情。甚至在林荫道上，在楔子形状的房屋区段尖端的两条街巷之间，也有这样廉价的酒吧在侧面的阴暗处延伸出来。

――――――

穿着溅满了石灰浆衬衫的客人围坐在城郊旅馆的小桌子四周。

――――――

晚上普罗索尼埃林荫大道上一个妇女推着一辆卖书的小车叫喊着：翻阅一下吧，翻阅一下吧，先生们，你们来看看这里所有的书，都要卖出去的。她并不强迫谁去购买，也不对别人纠缠不休，她在她的叫喊声中能立刻说出围站着的某一个人手中拿着的那本书的价钱。她好像只是要求人们快点翻阅，快点把书在手中传递，这是人们能够理解的，如果人们留神一点儿的话，时不时有一个人，譬如说我吧，慢慢地拿起一本书来，缓慢地悄悄阅读里面的内容，又慢慢地把它放回去，最终慢慢地离去。认真严肃地说出这些书的价钱，这些书的低级下流却是那样可笑，这就使得人们在众目睽睽之下很难想象做出一个要买书的决定。

————————————

在店铺前买一本书比在店铺里买书要求花去更加多得多的做出决定的力气，因为这种挑选在偶然面对陈列着的许多书籍时原本只是一种自由的思考。

————————————

坐在香榭丽舍大街上的两张互相背靠背的椅子上。许多在外面逗留了很长时间的孩子们还在黄昏时的朦胧天色中玩耍，他们于黄昏中在沙子里画出的线条已经不再能看清楚了。

————————————

被封闭的游泳池有着一种在记忆里具有的土耳其效果的彩色花纹。下午时分它被照耀得呈铁灰色，因为太阳光只是透过上面绷紧的布块的缝隙在一个角上以零星的光线照射进来，并使得下面[整个]池水都变得暗黑了。巨大的空间。在一个角上有一个酒吧。游泳教练们这边那边地沿着水池奔来走去周旋于主顾中间。他们在一旁自己的更衣室前逼近来游泳的顾客，并且听不懂的可是十分固执的语言商讨付给计时费用。在这种听不懂的语言里的一种要求对我好像是很机智地提出来的。王家大桥浴场。在几个角落里人们站在台阶上用肥皂将自己彻底地清洗干净。他们周围的肥皂水并不流动。人们通过缝隙向河流流过的什么地方看去，那里尽是蒸汽。这种游泳娱乐的欠缺性是很明显的，就好像两个人拿了一个陈旧的狭长的划子消遣，这划子从一面墙上推过来就已经碰到了对面的墙上。开设在地下室里的酒店的气味。漂亮的绿色的公园长椅。有许多德国风味。在一所游泳学校里一根任意作爬上爬下用的打结的绳子悬挂在水面上。我们询问巴尔扎克博物馆①，一位英俊的年轻人有着湿淋淋的吹得鼓起的发型向我们解释，我们指的是格雷芬博物馆（一处蜡像陈列馆）②。他乐于助人打开他的小房间，取出一张小的导游指南（也许是一家商店的新年礼物），但在那上面也找不到巴尔扎克博物馆。我们在内心里已经不停地感谢了，因为我们在事先预料到了这一点；并且也紧迫地劝阻去寻找这个地方。在博丁③目录里也没有列入这个地方。

————————

[为什么在上午有一个警察或士兵坐在法兰西剧院④的售票间里？]

————————

———————
① 这里的巴尔扎克博物馆是指1911年刚建立的位于雷诺阿尔大街47号的博物馆，巴尔扎克于1840年至1848年曾居住在这里。——原注
② 格雷芬博物馆：1882年建于蒙马特林荫大道上的名人蜡像馆。——原注
③ 博丁（Bottin）：一本公开刊登旅馆和咖啡馆名称的地址录。——原注
④ 卡夫卡与马克斯·勃罗德一起在这个剧院里观看拉辛的古典主义名剧《菲德拉》的演出。——原注

在喜剧歌剧院里[①]，一位胖胖的女领座员从相当高的地方朝下向我们收了一些小费。我想问题在于我们手里拿着入场券向上走时前后一步一步跟得有些太紧的缘故，我打算在下一个晚上在有这样的领座员的喜剧院里当着他们的面拒绝付给小费，现在我当着胖女人和自己的面前给出了一大笔小费真有些难为情。而所有其他人却用不着付小费都走了进来。我在喜剧院里也说出了我的命题，在这个命题里依照我的看法我把小费称之为"不是绝对必要的东西"，可是又必须得付，当这一次那位较瘦小的女领座员诉说，她没有从管理部门拿到报酬的时候，她把脸垂到了肩膀那儿。

开始时是擦靴子的场景[②]。那些陪着岗哨的孩子们迈着同样的步伐走下阶梯。草率地演奏的序曲留下的印象，以至于那些迟到的人很容易地就入场了，因为人们一般只是习惯于听轻歌剧。这种演出的安排真是非常淳朴。磨磨蹭蹭的跑龙套角色，正如我在巴黎已经看过的所有演出一样，而在我们那里跑龙套角色有着常常被糟糕地抑制住的生动活力。为《卡门》第一幕准备的驴在狭窄的街巷里的剧院入口处被剧院的人和一部分街上的观众围住了。[在朦胧天色中]等待入口处的小门打开。我在露天台阶上几乎是明知故犯地买了一张错误百出的说明书，就像它们在所有的剧院前面出售的一样。一位芭蕾舞女演员在走私者经常出入的小

---

① 卡夫卡与马克斯·勃罗德一起于1911年9月8日在这个歌剧院里观看比才的歌剧《卡门》的演出。——原注

② 卡夫卡在这里记下了观看《卡门》演出的印象。——译注

酒馆里为卡门跳舞。她那无声的身体在卡门的歌声中配合得多么和谐。接着是卡门的[由各个部分组合起来的]舞蹈，确实是因为她的功绩这场到目前为止的表演变得更加绚丽多彩了。可以看出来，她兴许在表演前从那位芭蕾舞女演员身上汲取了一些重要的经验。当她倚着桌子，倾听某个人讲话，并在绿色的裙子下面让双脚做彼此相对的表演时，那舞台上的脚灯灯光将她的脚掌照得雪白。

一个没有写过日记的人面对一本日记会产生一种错误的见解。譬如当这个人在读歌德的日记时，歌德在1797年1月11日整天在家里忙于各种各样的整理工作，那么在这个人看来，他自己还从来没有做过如此之少的事情。

到最后一幕时我们已经太疲倦了（我在此前一幕时已经是这样了），只好离去，坐进了喜剧院对面的一个酒吧，在这里马克斯在疲惫无聊中用苏打水尽情地喷溅我，而我由于笑得太累了不能控制自己被石榴糖水饮料呛了鼻子。在这个时候大概最后一幕开演了，我们漫步走回家去。

在剧院里感到十分燥热之后我通过敞开的衬衫扇走胸部的热气，来到广场，坐在露天里，夜晚的空气，将一双脚伸在一座城市的广场上使我感到特别清醒，照得十分明亮的巨大的剧院正面，连同[剧院的]咖啡馆的侧面也都照得足够透亮，这个小小的广场，尤其是它的地面直至那些小桌子的下面就像一个房间那样

都给照亮了。

———————————

在前厅的那位先生穿一件燕尾服和两位女士在聊天，这燕尾服有些松松地下垂，兴许它不是新的，要不然他不会在这里穿它，而更适合于历史性的场合。单片眼镜放下了又拿起来。如果谈话停止下来，他就心神不定地用他的手杖叩击着。他总是手臂抽搐地站着，就好像他每时每刻都愿意用伸出的手臂领两位女士穿过人群。失去光泽的、已经变得衰老的脸部皮肤。

德意志语言的特性在那些不掌握它而且大多数也不想掌握它的外国人嘴里，变得优美起来了。就我们曾经观察到的法国人而言，我们永远不可能看到，他们会对我们在法语中的错误感到高兴，或者即使只是在听觉上发现这样的错误，至于我们，对法语也只能稍微说出法兰西的语感来。

[待续！]

从我的角度看那些幸运的厨师和服务员，他们在一般的饭菜之后要吃沙拉、菜豆和土豆，在大碗里将它们混合在一起，虽然给他们端来了许多，但他们只从每个菜中取很少一点儿，从远处看去就是这样，如同我们那里的厨师和服务员一样。——那位服务员的嘴巴和小胡子漂亮地紧凑在一起，他在这一天中在我看来好像只是为我服务似的，因为我十分疲乏，动作笨拙，漫不经心，使人讨厌，并因此不能给我自己弄吃的东西，正是这个时候他几乎毫不在乎这些情况给我送来了吃的东西。

在塞巴斯托波尔林荫大道边的杜瓦尔饭馆笼罩在黄昏朦胧的气氛中。三个客人分散地坐在酒馆里。女服务员相互间轻声地说话。钱箱还是空的。我要了一杯酸牛奶，然后又要了一杯。一位女服务员不声不响地将它拿来，酒馆里半明半暗的光线也增加了这宁静的气氛，她也悄悄地将我的位置上为晚餐准备的餐具取走，以免在我喝饮料时对我有所妨碍。我感到非常惬意，一位如此文静的女子对我的痛苦能够预感到并给予容忍和理解。

　　在黎塞留大街上的可笑的饭馆里。人挤得满满的。玻璃镜子前面令人讨厌的烟雾景象。有规律地分布着一些挂满帽子的排式挂衣钩就像树林一样。桌子之间按习俗装有栏杆。这样一来不机灵的外国人误以为那里是栏杆式的框架，肯定也镶有玻璃，由此可以看清对面，以至于人们厚着脸皮向玻璃看去，以为在玻璃里看到了远处客人的形象，并且通过对视认出了那些真实的脸孔——人们感觉到那些在一个挨着一个的桌子之间的栏杆正是更多地为了客人间的相互亲近而设置的。

　　在罗浮宫里我从一张长凳歇到另一张长凳。如果漏歇了一张就感到疼痛。

　　在卡雷陈列室①里十分拥挤，激动的情绪，人们一群一群地

---

　　①　罗浮官里的一间展览室，是官中最长的一间大厅。——原注

站着，就好像蒙娜丽莎刚被偷走似的^①。

那些绘画前面设置的横杠倒是令人舒服的东西，人们可以靠着它们，尤其是在文艺复兴前期的艺术作品大厅里。

———————

与马克斯一起看他喜爱的绘画是一种精神上的压力，因为我太疲倦了，甚至还要费神地看。非常赞赏地仰视。

———————

一位身材高大而又十分年轻的英国女士精力非常充沛，她和她的伴侣在最长的大厅里从这一端走向另一端。

———————

马克斯的样子，就像他在阿里斯蒂德饭馆^②前的路灯下读《菲德拉》^③，并因为有稍稍的压力使眼睛受到妨碍。为什么他从来不听从我呢。令人高兴的是我还从中得到好处，因为他在去剧院的路上把他在街灯下从《菲德拉》里读到的一切全都讲给我听了，他读那书时我正在吃晚饭。去剧院的路不长，马克斯努力地将所有的一切全都讲给我听，而我这方面也做了同样的努力。

———————

① 意大利文艺复兴时期的著名画家达·芬奇（1452—1519）的《蒙娜丽莎》于1911年8月21日在罗浮宫中被偷走，两年后在佛罗伦萨又被重新找回。——原注
② 这家饭馆和杜瓦尔饭馆一样，也是一家快餐连锁店。——原注
③ 马克斯·勃罗德和卡夫卡一起于1911年9月9日在法兰西剧院观看拉辛的古典主义名剧《菲德拉》的演出，这次演出给卡夫卡留下深刻的印象，因此这里又提到了这个戏剧。——原注

休息厅里军人的景象。士兵们按照军事的规则维持着从售票处几米远的地方被挤回来的观众，让他们出列排好队前进。

————————

在我们一排座位里好像有一个雇来喝彩捧场的女子。她的掌声看来是跟着我们后面一排热衷于喝彩的头领的棍棒敲击声进行的。她鼓起掌来心不在焉地歪斜着脸孔，以至于当鼓掌结束的时候，她还惊异而关心地注视着她那有孔的手套的掌面。如果必要的话，鼓掌马上又会重新再起，但鼓掌声最终真的自动响起来，这就完全不是那位雇来喝彩捧场的女子了。

————————

面对剧院观众都喜爱的戏剧，大家都有看法不相上下的感觉，这就是第一幕临近结束时整排人都会站立起来。同一舞台布景贯穿五幕，这更增加了严肃性，尽管它只是用纸制成的，但要比用木料和石块制成的一种能变动的布景更为坚实。

————————

一组对着大海和蓝色的天空耸立的圆柱，它的高处长满了攀藤植物。有着维罗内塞①以及克劳德·洛兰②的盛宴的直接影响。

————————

　　① 参观罗浮宫对卡夫卡的影响很大，这里指意大利文艺复兴时期威尼斯画派的代表之一维罗内塞（1528—1588）在卡雷陈列室里的作品《迦拿的婚宴》。——原注
　　② 克劳德·洛兰（1600—1682），法国风景画家，这里也指洛兰表现大自然诗情画意的多幅作品。——译注

伊波利特①的那张不管是闭上的、张开的或者是开着的嘴，同样都显示出安详的弧形来。

————————————

欧诺纳②容易陷入持续的姿势之中，一次她受到鼓励，将腿紧紧地用布缠上，把手臂举起来，从容不迫地握成拳头，朗诵一首诗。许多人慢慢地用手遮住了脸孔。剧中主要人物的那些顾问脸色花白。

————————————

对菲德拉的扮演者的不满意使我回忆起我对法兰西喜剧院的成员拉歇尔③的满足，有一段时间我总是阅读她的东西。

————————————

在如此令人惊异地观看的时候就像第一场那样，伊波利特握着身边那张不动的有男子一般高的弓，故意地向老师吐露真情，并将那安详的骄傲的目光投向观众，犹如背诵一首节日贺诗那样背诵他的诗句，我像平时一样已经早有这种当然是很微弱的印象，这是第一次发生的事，而正是这第一次成功的赞赏掺入了我的其余的赞赏之中。

————————————

————————————

① 伊波利特：拉辛的悲剧《菲德拉》中的人物，他是雅典王前妻之子，养母菲德拉王后对他十分爱恋。——译注
② 欧诺纳：《菲德拉》中的人物，王后菲德拉的保姆，她怂恿菲德拉向伊波利特表达爱情。——译注
③ 全名艾丽莎·拉歇尔·费利克斯，可能是一位女编导和演员。——原注

[回忆起在赖兴贝格观看《海涛和爱浪》的演出。那儿是一些较嫩的较弱的演员，

待续]

———————————

布局合理的妓院。整座房子的大窗户上干净的可拉卷的百叶窗都下垂着。在房屋看管人的住房里不是男人而是穿得很像样的女人，这样的女人可能到处会出现在住家里。我在布拉格时就曾经粗粗地注意过妓院里那种有男子气概的女子性格。这种情况在这里还要明显。这位女性门房开启电动的信号装置，把我们揽进她的房间里，因为她被告知，正好有客人走下楼梯，上面有两个可尊敬的女子（为什么两个？），这两人接待我们，扭开隔壁房间里的电灯，在这个房间里有几个无所事事的姑娘在黑暗处或半明半暗处坐着，形成四分之三的圆圈（我们的到来将它填补成整圈），在这个圈子里她们以直立的总想突出她们优点的姿势围住我们站着，被选中的姑娘迈步站到前面，她用夫人般的姿态邀请我……我感到我被拉到了出口处。这是多么的快捷，就像我来到了街上，这对我来说简直难以想象。在那儿要更加仔细地看清楚这些姑娘是很困难的，因为她们太多了，她们眨眼示意，主要是站得太近的缘故。人们兴许必须睁大眼睛，为此就得练习。在记忆中我原本只要了刚好站在我面前的那位姑娘。她长着一口有缺陷的牙齿，伸展着自己的身体，用挡在下腹部的手紧紧揪住自己的衣服，立刻张开又很快闭上那双大眼睛和那张大嘴巴。她那金黄色的头发似乎扯乱了。她很瘦弱。在这种场合有些恐惧，却没有忘记摘下帽子。人们必须把手从帽檐处拿下来。孤独的、漫长

72

的、毫无意义的归家之路。

———————————

罗浮宫在开馆前就聚集着许多观众。姑娘们坐在高高的柱子之间，有的读着贝德克尔①，有的在写风景明信片。

———————————

米罗的维纳斯②，她的外貌在最慢转动的时候却迅速而令人惊异地变化着。遗憾的是仅有一个勉强的（关于腰身和衣服）但是也有一些真实的说明，为了对她的回忆我兴许有必要备一个雕塑的复制品，尤其是关于这弯曲的左膝是怎样参与决定各个部位的外貌的，可有的时候只显得非常微弱。这个勉强的说明是：人们在期待，那松开的外衣上部的身体充满青春活力，但是这身体首先还要丰满些。那件下垂的从膝部挽起的衣服。

———————————

博尔盖西的击剑者③，他的前面部分的外貌不是主要的外貌，因为他使观看者朝后退缩，是分散注意力的外貌。但从后面看，那只脚首先置在地上，惊异的目光沿着站立得十分牢固的腿

————————————————

① 卡尔·贝德克尔（1801—1859）：他于1827年创立世界著名的红皮导游手册出版社，有德文版、英文版和法文版，卡夫卡和勃罗德也购买了这样的导游手册游览巴黎。——原注

② 卡夫卡对古代雕塑艺术的描写又回到1911年9月10日参观罗浮宫"大理石雕像博物馆"时的情景。米罗的维纳斯：古希腊著名的大理石雕像，大约产生于公元前2世纪中叶，后来在意大利的米罗岛被发现，1820年起在罗浮宫展出——原注

③ 古代雕塑艺术品，约产生于公元前1世纪，珍藏于罗浮宫。——译注

73

被吸引过来，并受到保护似的越过不可阻挡的背部飞向朝前高高举起的手臂和利剑。

梅特罗①在我看来当时很空，尤其是当我将它与那次旅行相比的时候，我那时有病，而且是独自一人前往参观赛马场。②梅特罗的外貌从参观中可以看出也置于星期日的影响之下。最突出的是车厢四壁深暗的铁青颜色。列车员将车厢的门推开又关上，在这之间进进出出地忙碌着，表明这是星期日下午的工作。长长的道路慢慢地行进着。旅客们那种不自然的、漠不关心的表情变得愈来愈明显，他们就以这种漠然忍受着在巴黎地铁里的旅行。转向玻璃门，有几个人在远离歌剧院的不知名的车站下车，让人感觉出情绪变化无常。在这些车站里尽管有电灯照明，但变化着的白昼肯定更加赏心悦目，特别是当人们刚下车的时候，就会注意到这一点，尤其是那下午的光线，紧临着天色即将转暗。列车驶进空荡荡的多菲门终点站，有许多愈来愈看得清楚的管道，向滑行道望去，那里有许多列车在如此长的直线行驶之后必须在这里进行唯一的转弯行驶。在铁路上穿行隧道更是不愉快的事情，虽然没有压迫感的迹象，但旅客感觉到的却是并不显露的群山的重重压力。这也不能说是远离人群，而是一种城市的设施，就像自来水管里的水。在下车时往旁跳一下，然后接着是更为有力的

---

① 梅特罗（Metro）：即巴黎地铁，第一条线路在1900年开始运行。——译注

② 这是对1910年10月巴黎之旅的回忆，这年10月16日卡夫卡曾乘地铁参观访问了巴黎郊区隆尚地铁站附近的赛马场。——原注

前进。这是在同一高度上下车。绝大多数孤零零的小屋里都装有电话，信号装置指挥着运行。马克斯很喜欢朝里面窥视。当我乘坐巴黎地铁第一次从蒙马尔特高地驶往宽阔的林荫大道时，地铁的噪声真是实在可怕。一般地说这噪声并不讨厌，甚至增强了快速带来的舒服平静的感觉。杜博纳的广告宣传是很适合那些悲伤的和空闲无事的旅客去阅读、期待和观看的。它从交往中排除了语言，因为人们无论在付款的时候，还是在上下车的时候都不必说话。梅特罗由于对一个满怀期待而又懦弱的陌生者来说是那么容易理解，它利用最好的机会，为自己创造信念，准确而迅速地在第一次冲锋时就闯入了巴黎的生活本质。

　　人们可以认出外地人，他们上到巴黎地铁阶梯的最后一级平台时就不那么行动自如，他们不知所措，不像巴黎人那样从地铁出来就没有过渡地融入街道的人流中。在走出来的时候才慢慢地使现实与地图取得一致，这时我们到了广场上，在这里我们现在跟随上来的人群走着，兴许从来就不是走路或坐车来到这里似的，也根本不需要地图的引导。回想在绿化的设施中散步总是很美好的[①]，那里的天气非常晴朗，真令人高兴，值得注意的是天色不是很快就暗下来，走路的步伐和欣赏周围的风景取决于天气的变化和身体的疲劳程度。在宽阔光滑的大街上汽车风驰电掣般地行驶。在小巧的花园饭店里穿着红色衣服的乐队在汽车的喧嚣

---

　　① 卡夫卡的笔记从"回想……"始至本段末"绊倒了五次。"止，是对1911年9月10日在布洛涅森林一次郊游的回述。——原注

声中演奏，听不到乐队的声音，他们拨弄着乐器只是为了享受周围的景色。从来没有看到过的巴黎人互相牵着手。因燃烧过而焦枯略呈土色的草地。穿着衬衫的男人们和他们的家人一起坐在[苗圃里]大树下面的半明半暗中，这个地方早就已经禁止人内了。这里最令人关注的是缺少犹太人。回头向小小的蒸汽铁路看去，它似乎是从旋转木马处驶离开去的。那条路通向园中的湖。我从第一眼看到这个湖的最强烈的回忆是，一个男子弯着脊背在绷紧的布棚顶下俯身招呼我们上船，并将船票递给我们。可能是由于我对船票和我能力的担心，我逼着这位男子做出解释，这只船是否绕湖行驶或者摆渡到岛上，是否有什么停靠的地方。因为我是如此专注地盯着他看，以至于我有时只看到他粗壮的背弯身在湖面上，而看不到船身。有许多穿着夏日服装的人待在登岸的地方。船上的划手并不很熟练。没有栏杆的低矮的湖岸。缓慢地行驶，使我回忆起几年前每个星期日独自一人所做的散步。从水中抽出双脚放在船底板上。在听到我们说捷克语时那些游客感到惊讶，竟然和这样的外地人坐在一条船上。在西岸的斜坡上有许多人，插入土中的手杖，摊开的报纸，带着儿女的男人平躺在草地上，很少有笑声；低矮的东岸，在我们那里早已取消了用细小的、互相连接在一起的、弯曲的小木条做成的路障，一条哈巴狗从草坪那儿挡住了去路，一条野狗在草地上奔跑，认真工作着的划手们和一位姑娘一起坐在他们那只非常吃重的船上。我让马克斯特别孤独地处在昏暗之中，在一家半是空着的咖啡园的边上喝着一杯石榴糖水饮料，这儿只有一条街道通过，它很快就与另一条不知名的街道交叉。汽车和其他车辆从这个昏暗的十字路口驶向更为荒凉的地方。一排大铁栅栏也许是属于消费税务局的，但是却开着，可以让每个人通过。人们在附近看到月神公园的耀眼的光线，这光线增加了这半明半暗中的杂乱无章。这么多的光线，又是如此的空旷。在去月神公园的路上和回到马克斯那里时，我大约绊倒了五次。

〈1911年〉9月11日星期一　在铺上沥青的路面上汽车是比较容易驾驶的，但把车停住却比较困难。特别是个别有钱人坐在方向盘旁，他利用街道的宽阔，美好的白天，轻便的汽车，他那驾驶知识，做一次小小的商务旅行，与此同时在十字路口如此地驾车拐弯，就像步行者步行在人行道上。有一辆这样的汽车正要驶入一条小街道，可是还在大广场上就碰上了一辆三轮车，汽车灵巧地停住了，并没有碰着它多少，严格地说只是碰到了它的底部，如果是一个步行者这样踢了一脚也就很快地朝前走了，可这时三轮车停了下来，前面的轮子已经弯曲了。面包房伙计在这辆属于这家公司的三轮车上到目前为止还一直无忧无虑地随着它那特有的三个轮子慢悠悠地摇摇晃晃地前进，现在他走下车来，碰上也刚好下车的汽车司机，他责备司机，这种责备由于在一个汽车拥有者的面前表现出的尊敬而压低了声音，又由于在他的老板面前感到害怕而非常激动。这首先要弄清楚，怎么会产生这种意外事故的。汽车的主人用他那举起的手掌描述着他的这辆开过来的汽车，这时候他看到了那辆三轮车横向着朝他驶过来，换过右手掌盘，通过左手来回挥动警告三轮车，脸上显出十分担心，因为什么样的汽车能在这段距离内刹得住啊。三轮车

会看清楚这些情况，并会让这辆汽车先行吗？不，那已经太晚了，左手放弃了警告，两只手合在一起，不幸的碰撞已经造成了，膝盖支撑不住，看到了这最后的一瞬间。这种事就这样发生了，那辆静静地停在那儿的弯曲了的三轮车已经在为进一步描述这事件提供了帮助。面包房伙计根本无法和对手相比。第一，那位开汽车的人是一位受过良好教育的很活跃的男人；第二，他到现在已经坐进了汽车里，让自己休息；第三，他从汽车的高度确实将事件的全过程看得更为清楚。一些人在这个时候围拢了过来并站在那里，这好像是开汽车的人描述此事的功劳，这些人本来不是围着他形成圈子，而更多的是站在他的前面。在这期间交通不得不堵塞了，因为这群人拥挤在这里，此外这群人按照开汽车的人的指点移来动去。例如，所有的人一会挤向三轮车，为的是更仔细地察看说得多么严重的损坏情况。开汽车的人认为损坏并不严重，（一些人适度地高声谈论表示支持他的看法），尽管他并不满足于只是往那边看去，而是来来回回地走着，一会儿上车一会儿下车，看来看去。有一个要为三轮车说话的人想要喊叫起来，可是开汽车的人不让喊叫；但他得到一个新出现的陌生男子的很好的、很响亮的回应，如果人们没有弄错的话，他是开汽车的人的陪同者。有几次一些听众不得不在一起开怀大笑，但总是随着新的实质性的说法而平静下来。现在在开汽车的人和面包房伙计之间基本上不存在什么很大的意见分歧，开汽车的人看到自己被一小群友好的人包围着，是他使这些人信服的，面包房伙计慢慢地停止了他那单调的手臂伸展动作和谴责之声。是啊，开汽车的人并不否认他造成了一次小小的事故，但也不全是他的责

78

任，两方面都有责任，也就是说谁也没有责任，这样的事情恰好出现了，如此等等。简而言之，这件事情最终兴许会出现尴尬的局面，那些已经在讨论修理三轮车价钱的观众的声音肯定已提出了要求，人们也许并不会想起有可能去叫一名警察来。面包房伙计陷入了越来越从属于开汽车的人的地位，他干脆被他打发去请一名警察来，而将自己的三轮车托付给开汽车的人保管。这没有什么险恶的意图，因为开汽车的人没有必要去为自己组成一个派别，但他也在对手不在场的情况下没有停止他的叙述。因为人们在吸着烟的时候谈话会更好一些，他取出一支烟来。在他的口袋里有一个烟盒。他将新来的穿制服的人以及即使只是一些商店伙计，有次序地先引到汽车那边，随后再引到三轮车那边，最后才叙说事件的细节。要是他从人群中听到某一个站在后面的人有不同的意见，他便踮起足尖回答他，以便能看到那个人的面孔。这表明这件事变得十分烦琐，人们在汽车和三轮车之间来来回回地走着，因此汽车被开到了人行道上，开进了小街巷。那辆三轮车停在原地，开汽车的人看着这东西。犹如吸取汽车行驶故障的教训那样，一辆大公共汽车停在了广场的中央。有人在发动机旁的前面忙碌着。第一批弯下身子围着汽车的人是那些下车的乘客，他们实实在在地感觉到了就近发生的事情。在这时候开汽车的人也悄悄进行了整理，并使劲将三轮车推上了人行道。这件交通事故渐渐失去了公众的兴趣。新来的人肯定已经猜到了，这里究竟发生了什么事。开汽车的人带着一些有见证人价值的老观众正式退了回去，并与他们低声交谈。但是在这期间，那位可怜的年轻人在什么地方转悠呢？人们终于看见他在远处，好像是他与警察一起开始横穿广场过来。人们不是没有耐心，兴趣马上又活跃起来。许多新的围观者出现了，他们将十分方便地尽情享受做记录的情景。开汽车的人离开了他那群人，向警察走去，在场的人通过半小时的等待已经形成了平静的心态，这位警察立刻以同样的平静心态受理了这起事件。没有多长时间的调查之后便开始做记录。这位警察以一个建筑工人那样快速的动作，从他的笔记本里抽出一张旧的有些脏的但是空白的纸张，记下有关人员的姓名，写上了面包房的商号，并走过去，为做得仔细精确一边写着一边围绕着三轮车转。所有在场的人下意识地无知地希望这整个事件通过这位警察而有一个很快的实质性的结果，人们的乐趣转到了记录内容的细节上。记录间或停止下来。这位警察将他的记录弄得有些零乱，费了很大的劲终于完成了，在这一时刻他既不听也不看别的什么东西。他已经开始在那张纸上的一个地方填写了，这地方他兴许是由于某种原因开始时没有填写。可是现在这事故确实发生了，他对此的惊异一而再地重复表现出来。他不得不再三翻阅这张纸，为了相信这份开始时做得并不好的记录。然而他马上放弃了这不好的开头，又在别的什么地方开始写上了，如果这一栏写完的话，他不去做进一步的调查和研究就不可能知道，他该在什么地方正确地接着写下去。这个事件在这种情况下获得的平静，与那早先通过围观参与者所达到的平静，简直完全无法相比了。[①]

---

①　对以上的叙述，卡夫卡在1911年11月5日的日记中称之为"我的小小的汽车故事"。见《日记1909—1912年》德文校勘版第177页。
——译注

1912年6月—7月之旅

魏玛—容波恩之旅

1912年6月28日至7月29日

<1912年6月>5月28日[①]星期五　由国家火车站启程。在一起相处得很好。索科尔恩[②]把列车启程的时间给推迟了。脱去外衣，整个身子直躺在长椅上。易北河河岸。这个地区的居民点和别墅都很美观，犹中湖岸的风光一样。德累斯顿。到处都是一堆堆新鲜的货物。服务员衣着干净，举止适度。话语平静妥帖。建筑物坚实的外观，这是由于使用了混凝土技术，可是这种技术举例说在美国其效果却不是这样的。一般来说，易北河河水是平静的，经过千回百转的漩涡形成了如同大理石般的花纹。——莱比锡。与我们的搬行李工人交谈。[马克斯问他有关女朋友的情况，虽然他看上去就像我们的祖父一样。]奥佩尔斯旅馆。半新的火车站。旧火车站的美丽的遗址。公用的房间。从4点钟起就被"活埋"了，因为马克斯由于外面的喧闹声不得不将窗户都关上了。好大的噪音。凭听觉好像是一辆车跟着一辆车，不绝于耳。因为

---

① 卡夫卡在日记原稿中把6月误写成5月。——译注

② 索科尔恩（Sokoln）：捷克体操和体育组织的成员的名称。索科尔（Sokol）在捷克语中是"鹰"的意思。1912年6月29日《布拉格日报》报道了法国客人到达布拉格，索科尔恩去车站欢迎的消息。——原注

路面上铺了沥青的缘故，马跑起来听上去犹如奔驰的赛马一样。渐渐远去的电车铃声通过它的间歇指明了街巷和广场的所在。晚上在莱比锡。马克斯对地形地貌的直觉，我在这方面毫无能耐。然而我认定那是侯爵府上建筑物的一座美丽的凸肚窗，后来从导游那里得到证实。建筑工地上夜间还在工作，可能就是奥尔巴赫酒家的所在地①。对莱比锡无法消除的不满。[下不了决心去妓院云集的小巷看看。]诱人的东方咖啡馆。"鸽子笼"啤酒馆。行动困难的长胡子啤酒馆父亲。他的妻子给倒酒。两个高大健壮的女儿做招待。桌子都有抽屉，木桶里装有利希滕海因出产的啤酒。如果有人打开盖子就会冒出一股味道来。一位瘦弱的老顾客，红而瘦削的面颊，起皱纹的鼻子，与一大群人坐在一起，后来又独自一人留了下来，那位姑娘端着啤酒杯坐到他的身边。一幅十二年前死去的老顾客的画像，这位老顾客光顾这里达十四年之久。他举起杯子，在杯子后是一副骨架。莱比锡有许多抱成团的大学生。许多人戴单片眼镜。[以很短的时间造访了一家妓院。一位胸前带有装饰品的姑娘用小排骨招待吃晚饭。我们用不甚清楚的回答说明我们很快就离去的原因。]

　　<1912年6月>29日（星期六）星期五② 早餐。[对旅馆老板和他的女儿的一次接触，但判断错误。]在星期六的汇款单收据

---

　　① 通过歌德的《浮士德》剧本而变得十分有名的奥尔巴赫酒家在1912年进行重新扩建。——原注
　　② 卡夫卡在这里误写为星期五。——译注

上没有签字的先生。散步。马克斯去罗沃尔特①处。图书行业博物馆②。在那么多书籍面前我不能自制。出版社所在的地区古色古香的街道，尽管道路笔直，还有较新的、没有雕饰的房屋。公共阅览大厅。在"玛娜"餐厅吃午饭。吃得不好。[在那里碰到勃兰戴斯③。与马克斯约好下午2点在歌德纪念碑前见面，和勃兰戴斯告别。]威廉酒馆④，位于一个院子里的朦胧的小酒店。罗沃尔特。年轻，红脸颊，在鼻子与脸颊之间有一些静止的汗珠，从臀部开始才有动感。巴塞维茨伯爵⑤，《犹大》的作者，身材高大，神经质，干巴巴的脸孔，做着腰部活动，经过良好保养，十分强壮的身体。哈森克莱弗⑥，[犹太人，说话声音很大。]在

---

① 恩斯特·罗沃尔特（1887—1960）：德国著名出版家，罗沃尔特出版社的创始人。由于马克斯·勃罗德的推荐介绍，卡夫卡最早的一些作品在这家出版社出版。——译注

② 莱比锡于1885年建立"德国图书行业博物馆"，里面收集了有关图书产生的各种资料和实物，还有无数图书和图片、报刊等材料。——原注

③ 可能是指理查德·勃兰戴斯，他于1911年接管了他的父亲雅科布·勃兰戴斯（"犹太人文库"创建者）创办的布拉格出版社。——原注

④ 文艺评论家库尔特·品图斯把威廉酒馆称作"年轻的表现主义莱比锡大本营"；当时发展得很快的罗沃尔特出版社有一批来自柏林、布拉格、维也纳和莱比锡的作家，他们每天在威廉酒馆聚会。——原注

⑤ 格尔特·冯·巴塞维茨（1878—1923）：他创作的悲剧《犹大》于1912年在莱比锡首演，他的其他一些剧本也都由罗沃尔特出版。——原注

⑥ 瓦尔特·哈森克莱弗（1890—1940）：德国表现主义作家，罗沃尔特出版社的文学顾问之一，曾参与建立《世界末日》文学书系。——原注

小小的脸上有许多阴影和光亮，也呈现出淡青色。所有这三个人都挥动着手杖和手臂。在酒馆里尽是千篇一律的日常午餐。大而宽的酒杯放有柠檬片。品图斯[①]，《柏林日报》记者，胖胖的身材，平平的脸，后来在法兰西咖啡馆里校改那篇打字机上打下来的评论剧本《那不勒斯的约翰娜》[②]的文章（昨天晚上首次公演）。[哈森克莱弗建议在一家妓院里喝下午咖啡。没有允许进入，因为那些女士们要睡到4点钟。昏暗中小酒店的女人们汇聚在一起。]法兰西咖啡馆。罗沃尔特相当认真地要我写一本书。出版者们本人的义务以及他们对德国文学的通常平均面的影响。在出版社。——5点钟启程去魏玛。车厢里那位年岁较大的小姐，黝黑的皮肤。下巴和面颊有着美丽的曲线。长筒袜的接缝处是怎样围着她的腿转动的，她用报纸盖着脸，我们看着她的腿。魏玛到了。她戴上一顶大而旧的帽子后，也在这里下车。我后来又看见过她一次，那是我从集市广场出来去参观歌德故居的时候。去克姆尼蒂乌斯旅馆的路很长。几乎失去了勇气。寻找公共浴室，人们指定我们住的是三间一套的寓所。马克斯应该睡在一个有老虎窗的洞穴里。基尔希贝格山旁边的露天游泳池。天鹅湖。夜间去歌德故居。很快便认出来了。通体都是黄褐色。感觉到我们以前的整个经历都在这一瞬间的印象中得到了分享。没有住人的房

---

① 库尔特·品图斯（1886—1975）：德国表现主义运动中的评论家，此时他的主要工作是记者。——原注

② 这是一部由汉娜·拉德·马赫尔创作的历史悲剧，1912年6月28日在莱比锡新剧院首演。——原注

间的窗户是黑暗的。明亮的朱诺①半身塑像。摸摸墙壁。每个房间里的白色的帘子都稍稍往下放了一点儿。十四扇临街窗户。垂着的链条。没有任何图画能把这全部再现出来。不平整的场地，水井，随着这逐渐向上的场地坡度房屋形成了断断续续的建筑线条。昏暗的略呈长方形的窗户嵌在黄褐色之中。从本身来说这是魏玛最令人瞩目的市民住宅。

　　<1912年6月>30日星期日　上午。席勒故居②。驼背女人，她走上前来说了几句话，主要是通过带有歉意的语调说明那些纪念品放在这里的原因。在台阶上克利欧③作为书写日记的女子形象出现。1859年11月10日诗人诞辰一百周年纪念塑像，经过装修、拓宽了的房子。意大利的风景画，画的是贝拉吉奥④，歌德赠送的礼物。一点儿不像人的鬈发，又黄又干像毛皮兽类的鬃毛。玛丽亚·巴甫洛夫娜⑤，柔美的脖颈，脸并不宽，一双大眼睛。各种各样的席勒头像。布局合理的作家住处。等候室，接待室，书房，凹进

----

　　① 朱诺（Juno）：古罗马神话中的女神，司收获、婚姻和生育。她也是罗马天神朱庇特的妻子。这尊塑像放在歌德故居的一个房间内，非常显眼。——译注

　　② 卡夫卡在这一段中描写了参观席勒博物馆几个展览室的情况；席勒在1802年至1805年曾经住在这里。——原注

　　③ 克利欧（Clio）：希腊神话中司撰写历史的女神。——译注

　　④ 贝拉吉奥：意大利科摩湖畔的一个疗养地。——译注

　　⑤ 玛丽亚·巴甫洛夫娜为大公爵夫人，是俄国沙皇保罗一世的女儿，后来嫁给大公爵卡尔·弗里德里希为妻。——原注

去的卧室。他的女儿尤诺特夫人[1]，长得像他。《小小经验育成参天大树》，他父亲的书[2]。

歌德故居。供参观的房间。匆匆看了一眼书房和卧室。看着这些总会使人悲哀地想起死去的先祖们的景象。这个花园自歌德去世后树木花草仍不断生长。这棵山毛榉树把他的工作室都遮暗了。当我们已经坐在下面楼梯间里时，她[3]带着她的小妹妹从我们身边跑过。站在楼梯间下面的一只灵猩石膏像，在我的记忆中是和善于奔跑联系在一起的。后来我们又在朱诺室里见到她，再后来是在面向花园的房间里向外观望时看到她。我相信我还常常听到她的脚步声和说话声。两株丁香穿过了阳台的栏杆。走进花园已经太迟了。马克斯看到她站在上面的一个阳台上。她后来才走下来，与一位年轻的男子在一起。在走过身边时我感谢她，她使我们注意到花园。可我们并未就此离开。她的母亲来了，花园里出现了交际场面。她站在一丛玫瑰花旁，我在马克斯的推动

① 尤诺特夫人为席勒的长女，名叫卡萝莉内，后与矿务监督弗兰茨·尤诺特结婚。——原注

② 《小小经验育成参天大树》：席勒父亲约翰·卡斯帕尔·席勒所写的书，1795年初版，1806年在吉森出版新版。——原注

③ 这里指玛加蕾特·基希纳（Margarethe Kirchner），卡夫卡与她在歌德故居中结识，在下文中他称她为"格蕾特"（Grete）。马克斯·勃罗德在他的《旅游日记》中写道："卡夫卡卓有成效地与房东的漂亮的女儿卖弄风情。"参见本书第232页。——原注

下走了过去，得知去蒂福尔特①郊游的事。我也要去。她与她的父母走了。她提到一家饭店，从这里可以看到歌德故居的门。天鹅饭店。我们坐在常春藤架之间。她从门口走出来。我跑了过去，向大家做了自我介绍，得到允许与他们一起去，我又跑了回来。之后这一家子来了，可是父亲没来。我想参加进去，不行，他们先要去喝咖啡，我该与她父亲随后前去。她说，我应该在4点钟进屋。我与马克斯告别后去接她父亲。在大门口同马车夫说了几句话。与她父亲一起离去。谈到西里西亚、大公爵、歌德、国家博物馆、照相和绘画，以及这个敏感的时代。在一间他们正在喝咖啡的屋子前面停住了。他跑过去，把大家叫到凸肚窗前，因为他将要给他们照相。由于神经紧张，与一个小姑娘玩了一会儿球。同几个男子一起出发，走在我们前面的是两位太太，在她们前面的是三位姑娘。一条小狗在我们之间跑来跑去。蒂福尔特的宫殿。与三位姑娘一起参观。在歌德故居中的许多东西这里也有，而且更好些。对维特的各种画像的解释。冯·格希豪森小姐②的房间。用砖砌死了的门。仿制的毛线帽子。然后同父母一起上路。在公园里照了两次相。一次是在一座桥上，看来没有照好。归途中终于完全加入了他们的行列，但没有深入的关系。下雨。在档案馆中关于布莱斯劳的狂欢节的趣事。在房屋前的告别。我在赛芬街的徘徊。在这时候马克斯已经睡了。晚上三次不可思议

的见面。她与她的女友。第一次我们陪着她。我总是可以在晚上6点钟后来到花园。现在她必须回家了。随后又在为决斗而准备的圆形广场上见一次面。她们同一位年轻的男子谈话，与其说是友好的，不如说是敌意的。可是她们为什么不留在家中呢，这时我们一直将她们送到歌德广场①。她们应该赶快回家去呀。她们显然根本没有回过家，是被那个年轻的男子追逐着或是为了与他相遇，可是现在她们为什么从席勒大街跑了出来，奔下小台阶，跑到旁边的广场上去呢？她们在隔着十步的距离同那个年轻的男子说了几句话后，看来是拒绝了他的陪伴，她们为什么又在那儿转过身来，单独跑了回来？我们只是以寻常的问候从她们身旁走过，难道是我们打扰了她们吗？后来我们慢慢地往回走；当我们走到歌德广场时，她们又从另一条街巷里跑出来，显然非常惊恐，几乎撞到我们怀里。出于小心我们转了一下身子。但她们还是绕道走了。

<1912年>7月1日星期一　放射形路口有小花园的房子。在房前草地上画画②。在休息的椅子上背诵了这首诗。折叠床。睡觉。院子里的鹦鹉在叫着"格蕾特"。徒劳地走了一趟埃尔富特大街，她在那里学习缝纫。洗澡。

---

① 即现在歌德故居前的弗劳恩广场（Frauenplan），并不是指今天的歌德广场（Goetheplatz）。——原注

② 卡夫卡画的花园房子坐落在魏玛伊尔姆河畔公园里，歌德于1776—1782年曾住在这里。这幅画卡夫卡画在一个笔记本里。见下页。——译注

　　<1912年7月>2日星期二　歌德故居。阁楼。在房东那里看到照片。围站着的孩子们。有关照片的谈话。始终留意着与她谈话的机会。她同一个女友去学缝纫。我们留下来了。——下午，李斯特故居①。技艺高超。年迈的保莉妮。李斯特从5点工作到8点，然后去教堂，再后来睡第二觉，从11点起访客。马克斯在浴场游泳，我去取照片，先遇上了她，与她一起走到大门口。父亲指给我看照片，我拿起了照片架子，我终于必须走了。她毫无意义地徒劳地在她父亲背后向我微笑。可悲。突然想起，将这些照片拿去放大。走进药房。为底片的缘故又回到歌德故居。她从窗户里看到我，并打开了窗子。——多次遇见格蕾特。在吃草莓时；在维特花园前，那儿正举行一场音乐会。在她那宽松的衣服里是灵敏的身体。从"俄罗斯大院"里走出来的身材魁梧的军

————————

　　①　这里指匈牙利音乐家弗兰茨·李斯特（1811—1886）经过改建的别墅，他于1848—1861年居住在魏玛，从事指挥、创作和教学，他住的别墅后来成为李斯特博物馆。——译注

官。各种各样的制服。瘦长的人、强壮的人都穿着这些深色的衣服。——在偏僻的街巷里打架斗殴。"你肯定是个最不要脸的下流坯！"人们站在窗户旁边。离去的一家人，一个醉汉，一个背着背篓的老太太和两个跟着她的男孩。——我嗓子堵得慌，得赶快离开。发现"梯沃利"①。墙边的那些桌子叫"侧阳台"。年迈的柔体杂技女演员，她的丈夫是位魔术师。那些女性的德语大师。

<1912年>7月3日星期三　歌德故居。应该在花园里摄影留念。没有看到她，我过一会儿可以去接她。她的举动总是微微颤抖，但只是当有人跟她说话时，她才颤动。要照相了。我们两人坐在长凳上。马克斯指点那个男子如何拍照。她与我约定第二天幽会一次。——奥廷根②透过窗户看到我们，不许马克斯和我拍照，当时我们正站在照相机旁，四周无人。我们最终没有拍成！——当时那位母亲还是十分友好的。除了学校组织和免费的人外一年内有三万人来此参观。——游泳。孩子们认真地、平心静气地进行摔跤比赛。——下午参观大公爵③图书馆。特里佩尔半身塑像④。对领导人的赞誉。总是一眼就认出来的大公爵。结实的下巴和坚定的嘴唇。手插在扣得紧紧的上衣里。大卫创

---

①　梯沃利为罗马东面的一个意大利小城，有许多古代建筑遗迹和墓葬群。卡夫卡在魏玛也发现了类似的地方。——译注

②　沃尔夫冈·冯·奥廷根，他当时任歌德——国家博物馆馆长和歌德、席勒档案馆馆长。——原注

③　这里指萨克森－魏玛－埃森纳赫大公国的大公爵卡尔·奥古斯特（1757—1828）。——译注

④　这里指由雕塑家亚历山大·特里佩尔创作的歌德半身塑像，这是第二件，1790年完成样品。——原注

作的歌德半身塑像^①，向后竖起的头发和紧绷的大脸。由歌德促成的将一座宫殿改造成为一座图书馆。帕索夫的几座半身塑像^②（漂亮的鬈发青年），扎哈里亚斯·维尔纳^③，瘦削的、很会打量人的、向前逼近的脸孔。格鲁克^④。"根据在世时的脸浇铸而成"。嘴里的那些洞孔是他曾经呼吸时用来插管子的。歌德的工作室。穿过一道门，人们便进入冯·施泰因夫人^⑤的花园。由一个罪犯用一棵巨大的橡树做成的楼梯没有一根钉子。——在公园里与这位木匠的儿子弗里茨·文斯基一起散步。他认真严肃的谈话。在这时候他一边谈话一边用一根树枝向灌木丛抽打。他也将成为木匠，并要到各地漫游。现在人们漫游不必再像他父亲那个时代一样，而是可以享用铁路交通了。要想成为导游，也许必须学会几种语言，他们不是在学校里学，就是买这方面的书。他对这个公园的了解，不是从学校里学来的，就是从导游那儿听来的。令人感兴趣的导游的说法与一般的情况不一定符合，例如关于这罗

---

① 这里指于1831年完成的大理石歌德半身塑像，作者为法国雕塑家皮埃尔·约翰·大卫·德·安热（1788—1856）。——原注

② 这里指歌德熟识的语文学家弗兰茨·帕索夫，他于1807—1810年在魏玛高级中学任教。——原注

③ 扎哈里亚斯·维尔纳（1768—1823）：德国浪漫派诗人和戏剧家，常常去各地旅行，也在魏玛住过一段时间，与歌德结交。——原注

④ 克·维·里·冯·格鲁克（1714—1787）：德国作曲家，在魏玛大公爵图书馆的回廊胸墙上和大厅里，也陈列着作曲家的半身塑像，其中有格鲁克。——原注

⑤ 夏洛特·冯·施泰因（1742—1827）：歌德于1775—1786年间最信任的女友，两人常在一起谈话吟诗。——译注

马式的房子无非就是：这门是为供货商而定做的。树皮做成的小屋。莎士比亚纪念碑。——卡尔广场上我周围的孩子们。关于海事的谈话。孩子们的严肃神情。谈论有关船只的沉没。孩子们的优越性。允诺给买个球。分饼干。花园音乐会演奏《卡门》。整个身心都投入在这音乐里。

<1912年>7月4日星期四　歌德故居。用响亮的声音来确证约好的幽会。她从大门口往外看。这是错误的解释，因为我们在场时她也向外看。我又问了一次："风雨无阻？""是的。"马克斯去耶拿拜访迪德里希斯①。我去公爵陵墓②。与军官们在一起。歌德的棺木上放着金色的桂冠花环，是布拉格的德国妇女于1882年捐赠的。在墓地上找到了所有的人。歌德一家的墓地。瓦尔特·冯·歌德1818年4月9日生于魏玛，1885年4月15日死于莱比锡，"歌德家族随着他的去世血脉断绝了，但歌德的名字却永垂不朽"。卡萝莉内·法尔克夫人的墓碑上写着："当上帝收走她自己的七个孩子时，她成了不相识的孩子们的一位母亲。上帝将抹去她眼睛里的所有泪水。"夏洛特·冯·施泰因：1742—1827。——游泳——下午没有睡觉，两眼一直盯着这不稳定的天气。她没有来赴约。——只见马克斯穿着衣服躺在床上。两个人都不幸。要是人们能将苦恼从窗口泼出去该有多好。——晚上希勒尔③与他母亲在

---

① 欧根·迪德里希斯（1867—1930）：德国出版家，1897年建立以他姓氏为名的出版社，1904年起住在耶拿。——译注

② 这里指魏玛公爵的陵墓，后来歌德、席勒的灵柩也被允许安放在这墓穴中。——译注

③ 库尔特·希勒尔（1885—1972）：德国政论家和作家。——原注

一起。——我离开桌子跑过去，因为我相信可以看见她。错了。然后大家都在歌德故居前，向她问候。

<1912年>7月5日星期五　徒劳地去歌德故居。——歌德——席勒档案馆。棱茨[1]的信件。——1830年8月28日法兰克福市民致歌德的信[2]："古老的美因城的一些市民，长期以来就习惯于在这里手握酒杯向8月28日致意，他们若能有幸在这座自由城市的市区亲自欢迎这一天带来的这位非凡的法兰克福人，他们将赞美上天的恩惠。

然而一年又一年，希望、期待和心愿都未能实现[3]，他们于是在此期间端起闪光的酒杯越过森林和原野、边界和关口，向着幸福的伊尔姆城[4]，请求他们的尊敬的同乡惠予他们在思想中与他碰杯，允许他们歌唱：

> 如果你愿意给予
>
> 你忠诚的追随者宽恕，
>
> 我们愿持续不断地
>
> 追求你的指示，
>
> 把一知半解从我们身边剔除

---

① 棱茨（1751—1792）：德国狂飙突进运动时期的诗人和戏剧家，歌德的好友。——译注

② 歌德于1749年8月28日出生于美因河畔的法兰克福，这是歌德81岁生日时来自故乡的祝福信。——译注

③ 歌德在1815年5月至10月去莱茵—美因茨地区旅行后再也没有回过故乡。——译注

④ 即魏玛，这个城市坐落在伊尔姆河畔。——译注

而在完整、善良、美好中

果敢地生活。①"

1757年"崇高的祖母！……"②

耶路撒冷致凯斯特纳："我是否可以敬请阁下为了一次即将进行的旅行把您的手枪借我用?"③

迷娘之歌④，没有一点儿删改之处。——

取来了照片。送去。十分无聊地闲立着，六张照片只给了三张。而且恰好是其中较差的，意在希望那房东为证明自己的能力给重拍一下。可是毫无这种迹象。——游泳——直接从那里来到埃尔富特大街。马克斯去用午餐。她与两个女友一起来。我把她叫了出来。原来她昨天有事不得不提前10分钟离开了，直至现在她才从她的女友那里获知我昨天的等待。她对舞蹈课也很生气。她肯定不爱我，但对我有几分尊敬。我给了她一盒有一颗小心并用一根彩带扎住的巧克力，随后陪她走了一段路。她说了几句关于约会的话。明天11点在歌德故居前约会。这可能只是一个借

----

① 这首诗是歌德创作的组诗中的一首，组诗名为《总忏悔》（Generalbeichte），作于1802年。——原注

② 卡夫卡在这里摘录的是歌德七岁时写的一首诗的手迹。——原注

③ 卡尔·威廉·耶路撒冷于1772年10月29日用这把从凯斯特纳那儿借来的手枪自杀。这一情节歌德后来写进了书信体小说《少年维特之烦恼》（1774）。——原注

④ 指歌德的长篇小说《威廉·迈斯特的学习时代》（1796）中主人公收养的义女迷娘唱的歌曲。——译注

口，她必须要做饭，之后才会出现在歌德故居前面，但我还是接受了。可悲的接受。我回到旅馆。马克斯躺在床上，我在他旁边坐了一会儿。下午去百乐宫①郊游。希勒尔和母亲。车子一直在一条独一无二的林荫大道上行驶，真是美极了。宫殿的布局令人惊异，它由一个主体部分和四座旁边的整齐小屋组成，所有的建筑都显得低矮，色调柔和。中间是个水柱不高的喷泉。向前方可眺望魏玛。大公爵已有好多年不到这里来了。他是位猎手，可这儿没有猎场。迎面走过来的那位安详的仆人有着一张刮得干干净净有棱有角的脸，透出的悲哀也许像所有在别人统治下活动的民众一样。这是家畜的悲哀。玛丽亚·巴甫洛夫娜，卡尔·奥古斯特大公爵的儿媳妇，玛丽亚·弗多洛夫娜和被绞死的皇帝保罗的女儿。许多东西具有俄罗斯的特点。景泰蓝，铜制的容器上镶有金属丝，在金属丝之间上了搪瓷釉彩。饰有天圆穹顶的卧室。在那些还可住人的房间里的照片显现出唯一的现代气息。好像它们令人觉察不到就能适应似的！歌德的房间，位于下面的一个角上。奥塞尔②的几幅天花板绘画，重新整修后已面目全非。有许多中国式的东西。"昏暗的侍女房间"。有两排观众席的露天剧场。互相连接着的有扶手长凳的马车，座位挨着座位，女士们坐在里面，温文尔雅的男士们陪在她们旁边策马随行。在那辆重型车上，玛丽

---

① 百乐宫（Belvedere）：离魏玛大约四公里的一处公爵官殿，风景优美。——原注

② 亚当·弗里德里希·奥塞尔（1717—1799）：德国画家兼雕塑家，曾任莱比锡艺术学院院长，画有大量壁画和天花板画；他是歌德青少年时代学习绘画的老师，对歌德很有影响。——译注

亚·巴甫洛夫娜与她的丈夫一起在三匹马的拖拽下，以二十六天时间完成了从彼得堡到魏玛的结婚旅行。露天剧场和公园是由歌德设计的。——晚上去保尔·恩斯特①家。在街上向两个姑娘询问作家保尔·恩斯特的住处。她们先是沉思地看着我们，然后一位捅了捅另一位，她好像想要记起一个突然想不起来的名字。您说的是维尔登布鲁赫②吗？那另一位姑娘问我们。——保尔·恩斯特。嘴巴上留着髭须，下巴有山羊胡子。总是待在沙发椅里或者跪着，即使在激动时（由他的批评者引起的）也不离开。——住在霍尔恩。在一座别墅里好像住满了他的家人。一碗香味扑鼻的鱼被人从楼下端到楼上来，在我们的注视下又被送回到厨房里去了。——埃克斯佩迪图斯·施密特教士③走了进来，我在旅馆的楼梯上已经碰见过他一次。他在档案馆里为研究奥托·路德维希④的版本而工作。想带土耳其的水烟管进档案馆。他咒骂一家报纸为"虔诚的毒蛤蟆"，因为它攻击了由他出版的《圣贤传奇》⑤一书。

---

① 保尔·恩斯特（1866—1933）：德国新古典主义剧作家、小说家。——原注

② 恩斯特·冯·维尔登布鲁赫（1845—1909）：德国戏剧家、小说家和诗人，有一个时期也住在魏玛。——原注

③ 埃克斯佩迪图斯·施密特（1868—1939）：他是弗朗西斯派教士，爱好文学，曾对出版十八卷的《奥托·路德维希全集》影响很大，该全集于1912年出版，出版人为保尔·默克尔。——原注

④ 奥托·路德维希（1813—1865）：德国小说家、戏剧家和文学批评家，诗意现实主义的代表。——译注

⑤ 全名为《图文并茂的最美的圣贤传奇》，1912年在慕尼黑出版。——原注

〈1912年〉7月6日星期六　——去施拉夫[1]家。年迈的、与他长得很相像的姐姐接待了我们。他不在家。我们将在晚上再来。——与格蕾特一起散步一小时，看来她是得到她母亲允许的，她走到街上还通过窗户与她母亲说话。粉红色的衣服，我的心肝宝贝。晚上盛大的舞会不得安宁。这似乎跟她没有丝毫关系。中断了的又总是从头开始的谈话。一会儿走得特别快，一会儿又走得特别慢。千方百计、不惜任何代价要挑明此事，好像我们之间没有一丝一毫联系似的。是什么力量推动我们一起穿过公园的呢？难道仅仅是我的固执吗？——傍晚时分来到施拉夫家。在这之前去看了格蕾特。她站在稍稍打开的厨房门前，穿着一身在很久以前备受称赞的舞会礼服，可一点儿也不如她平时穿的衣服那么好看。两眼哭得红肿了，显然是由于她的主要舞伴的缘故，他已经给她带来了许多烦恼。我向她做了永久性的告别。她并不知道我要走了，但即使她知道了这点，她也不会在乎的。一个手拿玫瑰花的女子还打扰了这简短的告别。——街道上到处都是来上舞蹈课的男男女女。——施拉夫。他并不住在像和他闹翻了的恩斯特说的那样，是住在一个阁楼间里。他是个十分活跃的人，强壮的身体被一件扣得严严实实的上衣紧裹着。只有两只眼睛神经质地、病态地闪动。主要谈的是天文学和他的地球中心说体系[2]。所有其他一切，文学、评论、绘画艺术他还是那样地留

————————

① 约翰内斯·施拉夫（1862—1941）：德国作家，与阿尔诺·霍尔茨一起为德国自然主义文学运动的先驱。——原注

② 施拉夫在他的后期曾致力于驳倒太阳中心说体系的研究工作，并发表这方面的论著。——原注

恋，因为他摆脱不掉。到圣诞节时一切将见分晓。他对他的胜利一点儿也不怀疑。马克斯说，他面对天文学家的处境"类似于歌德面对光学家的处境"。"类似，"他回答道，手始终紧握着放在桌子上，"但有利得多，因为我拥有无可争辩的事实。"他的小望远镜价值400马克。他根本不需要用它来发现什么，也不需要数学。他的生活充满了幸福。他的工作领域广阔无边，因为他的发现一旦得到承认，会在所有领域中（宗教、伦理学、美学，等等）产生巨大的影响，他理所当然地首先要去进行这些方面的探索。——当我们来到时，他正在把庆祝他五十岁寿辰之际发表的评论剪贴在一本大书里。"在这种时候他们是很温和的。"——在这之前与保尔·恩斯特在韦比希散步。他鄙视我们这个时代，鄙视豪普特曼[1]、瓦塞尔曼[2]、托马斯·曼[3]。不管我们可能有什么意见，他在说了好长时间之后才能让人理解的一个短小从句中称豪普特曼为一个涂鸦者。再就是关于犹太人、犹太复国主义、种族等模糊不清的观点，总的说来只有一点是值得注意的，他是一位竭尽全力充分利用自己的时间的人。——当别人说话时，他每隔一小会儿就枯燥地、机械地说上一声"是的，是的"。有一次我简直无法相信他的话了。

---

① 格哈特·豪普特曼（1862—1946）：德国戏剧家、小说家，德国自然主义文学运动的代表，获得1912年诺贝尔文学奖。——译注
② 雅各布·瓦塞尔曼（1873—1934）：德国小说家。——译注
③ 托马斯·曼（1875—1955）：德国小说家，获得1929年诺贝尔文学奖。——译注

<1912年>7月7日

　　27日，哈勒的行李搬运夫的号码。现在是6点半，在格莱姆①纪念碑附近一屁股坐倒在已寻找好长时间的长椅上。如果我是个孩子，我肯定会让人背着走，因为我的腿是那样的疼痛。——同你告别之后②，我还一直没有感觉到孤单。虽然后来变得如此沉闷，但还谈不上孤独。——哈勒，小莱比锡，那里和哈勒的一对教堂塔楼，都由小木桥在高高的空中连接起来。——我已经感觉到，这些东西你不会马上而是以后才会读到，这使我那样的不安。——自行车俱乐部正在哈勒的市场上集合，准备去郊游。单独一人参观一座城市或者哪怕只是一条街道有不少困难。——味美可口的素食午餐。同其他开饭店的老板的区别是，素食对吃素的老板们来说并不可口。忧心忡忡的人们从一边向一个人走近过来。

　　与四个布拉格犹太人同车离开哈勒：两个是可爱有趣年纪较大身体强壮的男子，一个像克[勒门斯]博士，一个像我的父亲，只是矮小得多；再就是一个身体瘦弱、被炎热打蔫的年轻丈夫和他那令人讨厌但身材不错的年轻妻子，她的脸出自某个[贝格]家族[熏制]的家庭。她在读伊达·鲍－埃德著的三马克一本的乌尔斯坦③的长篇小说，这本书的题目倒很卓绝：《天堂里的一瞬间》，

---

　　①　约翰·格莱姆（1719—1803）：德国启蒙运动时期诗人，曾在哈勒大学学习法律。——译注

　　②　这里指和马克斯·勃罗德告别，他们一起在魏玛旅游后，勃罗德先回到布拉格，这是卡夫卡在信件中的称呼。——原注

　　③　乌尔施坦为柏林的一家出版社，下面提到的小说出版于1912年。——原注

可能是乌尔施坦创造出来的。她的丈夫问她是否喜欢这本书。可是她刚开始读，"到现在我还说不上什么"。一位有着干燥的皮肤、面颊和下巴上美丽地分布着浅黄色胡子的很不错的德国人，好奇地对这四个人的举动表示出令人注意的友好态度。——

铁路旅馆，楼下临街的房间，前面有个小小的花园。[谁愿意或可能顺便在房间里关照我的一切事务呢。]进城去。一座地地道道的古城。桁架结构看来是比较能保持久远的建筑式样。所有的横梁都弯曲了，镶板凹陷下去或凸了起来，但房屋的整体依然完好，至多随着时间的推移有点破败，并且由此反而变得更牢固了。我还从来没有见到过人们如此优雅地倚靠在窗户旁边。窗子的中间框条大多数也都是固定的。人们的肩膀靠在框条上，孩子们围着转。在一条深深的走廊里有几个穿着节日服装的健壮姑娘，坐在最下面的几级阶梯上舒展身体。

泼妇路。斗嘴街。[①]

在公园里与小姑娘们同坐在一条长凳上，我们称之为姑娘凳，不许小伙子们来侵占。波兰犹太人。孩子们向他们呼喊着犹太佬，而且在他们离开后不愿立即坐到他们坐过的长凳上去。犹太人开的旅馆[纳坦·艾泽斯贝格]是用希伯来文写的招牌。这是一座年久失修的宫殿式建筑，有着庞大的阶梯结构伸展到狭窄的街道上。我跟在一个从旅馆里出来的犹太人的后面，与他搭话。已经过了9点。我想要知道一些有关教区的情况[②]。但什么也没有获

---

① 泼妇路、斗嘴街：哈尔伯施塔特的街道名称。——原注
② 哈尔伯施塔特当时在德国有最大的正统犹太教区。——原注

悉。在他眼里我是很可疑的。他不停地看着我的双脚。可我毕竟也是犹太人呀。接着我可以在[艾泽斯贝格]住下来了。——不,我已经有一个住处了。——是这样的。——他突然向我走近过来,问我是不是在一星期前去过舍本施占特。在他的家门口我们互相告别,他因摆脱了我而感到高兴,我并没有发问,他就告诉了我,去犹太教堂如何走法。——人们穿着睡衣站在门口的阶梯上。陈旧的、没有意义的题词。想到在这些街道上、广场上、花园的长凳上、小溪的岸上从充满幸福的生活中变得不幸的种种可能性。谁要是哭的话,那星期天就到这里来。闲逛了五个小时后晚上回到我的旅馆,站在面向一个小花园的平台上。邻近的那张桌子旁坐着旅馆主人与一位年轻的、看上去像寡妇似的、活泼的女人。面颊过分瘦削。头发分向两边而且蓬松。

<1912年>7月8日　我住的房子叫"露特"。布置得很实用。四扇气窗,四扇大窗,一扇门。相当安静。只是远处有人在踢足球,鸟儿的鸣叫声很响亮,几个裸体的人静静地躺在我的门前。除了我之外所有的人都未穿游泳裤。多美妙的自由。在公园、阅览室等地方都可看到漂亮的、胖胖的小脚丫子。

<1912年>7月9日　在三面敞开的茅屋里美美地睡了一觉。我可以像个房主一样倚在我的门旁。在夜间的各个不同的时间里起来,总能听到老鼠或鸟儿在茅屋四周的草地里吱吱啾啾或振翅扑打的声响。有位先生身上长有豹子似的斑点。昨天晚上关于服装的报告。中国女子把脚裹得很小,她们为的是获得一个大臀部。

[<1912年>7月9日]　这医生,早先是位军官,大笑时看上

去娇揉造作、疯疯癫癫、带着哭腔、粗俗无忌。走起路来生气勃勃富有活力。是马兹达兹南教派①的信徒。生就一副严肃的脸孔。胡子刮得光光的，嘴唇上下抿得紧紧的。他从他的门诊室里走出来，有人经过他身旁走进去。"请往里走。"他在那个人的后面笑着说。他禁止我吃水果，但仍有余地，我不一定听他的。我是个有文化教养的人，应该听听他的报告，这些报告也都印出来了，应该研究一下，形成我自己的看法，然后再照此行事。摘自他昨天的报告："如果有谁的脚趾完全畸形，但只是他拉住其中的一个脚趾，同时进行深呼吸，这样随着时间的推移他的脚趾就会变直。"进行一定的锻炼之后性器官就会增强。根据这些行为准则："夜间的空气浴是非常值得推荐的（如果这对我合适的话，我就干脆滑下床来，走到茅屋前的草地里），只是人们不应过多地受到月光的照射，这是有害的。"人们可以根本不去洗涤我们现存穿的衣服！今天早晨：洗漱，按摩，一起做操（我的名字叫穿游泳裤的人），唱几首赞美诗，围成一大圈玩球，两个漂亮的瑞典小伙子有着长长的腿，[他们造型优美很吸引人，别人面对他们只能咋舌。]从戈斯拉尔来的一个军乐队举行的音乐会。下午翻动干草。晚上我的胃是如此糟糕，由于烦恼我一步也不想走动。一个上了年纪的瑞典人与几个小姑娘一起玩捉迷藏游戏，而

---

① 马兹达兹南（Mazdaznan）教派是波斯琐罗亚斯德教（Zoroaster）（创始人琐罗亚斯德，约公元前7—公元6世纪）的一个改革派（1815年创建），把注意力放在卫生学的指导方面。琐罗亚斯德在古波斯语中作查拉图斯特拉（Zarathustra），这个宗教中国史称"火祆教"或"拜火教"，流行于古代波斯、中亚等地，后传至印度、中国。——原注、译注

且是那样投人，有一次他边跑边叫："等着吧，我要给你们把达达尼尔海峡封锁起来。"他指的是两处灌木丛之间的通道。当一个年纪较大并不漂亮的保姆走过去时他说道："这可是能够敲打的东西。"（其背部裹在黑色白点的衣服里。）始终存在着毫无理由的需求，总想吐露真情。因此要观察每一个人，看是否有可能与他待在一起，他是否能为自己获得一个机会。

　　<1912年7月>10日　脚扭伤了，很痛。装运青饲料。下午与一个来自瑙海姆的非常年轻的中学教师[卢茨]一起去伊尔森堡①散步；明年也许会去维克尔斯多夫②。男女同校，自然疗法，科恩③，弗洛伊德④，关于由他带领的姑娘们和男孩子们郊游的故事。雷阵雨，所有的人都淋得湿透，不得不在临近的旅店里找个房间把衣服全都脱下来。——夜里由于肿胀的脚引发高烧。跑过去的小兔子发出噪声。当我在夜间起床时，在我门前的草地上坐着三只这样的兔子。我做梦了，听见歌德在朗诵，非常自由自在，任意发挥。

---

　　① 伊尔森堡有农村寄宿学校，这是1898年农村寄宿学校运动中由赫尔曼·利茨创办的德国第一所这类学校。——原注

　　② 古斯塔夫·维内肯和赫尔曼·利茨一起从事农村寄宿学校运动，后来维内肯又在维克尔斯多夫创办由教师、家长和学生组成的教育小组，进行学校制度的改革。——原注

　　③ 赫尔曼·科恩（1842—1918）：德国哲学家、大学教授，新康德主义学派的创始人，主要著作《哲学的体系》（1902—1912）。——原注

　　④ 西格蒙德·弗洛伊德（1856—1939）：奥地利精神病理学家，长期从事精神分析学研究，写有大量著作。——译注

<1912年7月>11日　与一位名叫弗里德里希·席[勒][1]的博士交谈，布雷斯劳[2]的市政官员，他曾长期住在巴黎，学习城市规划建设。那时他住在一家旅馆里，可以眺望王宫的庭院。在此之前住在天文台附近的一家旅馆里。一天夜里隔壁房间住进了一对情侣。那姑娘高兴得不顾羞耻大声叫嚷。直到他隔着墙壁表示愿意效劳请个医生来，她才安静下来，这样他才得以入睡。——我的两个朋友常打扰我，他们出去要经过我的茅屋，这时他们总要在我的门口站一会儿，聊上几句或邀我去散步。但我也为此而感谢他们。——在1912年7月的《福音新教传教报》里谈到了在爪哇传教："尽管有许多人反对传教士在很大范围内从事半瓶醋的行医活动，这种指责是有道理的，但另一方面这种行医活动却又是他们的传教活动的主要辅助手段，是不可缺少的。"

当我，大多数情况下当然是隔着一定距离，看着这些全身赤裸的人慢慢地在树木之间穿过时，我有时会产生轻微的、肤浅的厌恶感觉。如果他们奔跑，情况也不会更好。——现在我的门口有一个完全不认识的裸体者站住了，缓慢地、友好地问我，这里是不是我的住处，对此本来是毋庸置疑的。——他们就是这样悄无声息地走来的。突然有一个人站在那里，你压根儿就不知道他是从哪儿冒出来的。那些赤裸着身体跳越干草堆的老先生们，我也不喜欢。——晚上去施塔佩尔堡散步。同这两个我给他们互相介绍认识的人一起去。废墟。10点钟回来。在我茅屋前的草地上

---

① 卡夫卡后来与这位名叫席勒的市政官员有信件来往，主要是因为未婚妻费丽采·鲍尔去布雷斯劳旅行的事。——原注

② 布雷斯劳：城市，当时属奥地利，现属波兰。——译注

的干草堆之间有几个赤裸的人轻手轻脚地走了过去，他们消失在远处。夜间，当我穿过草地去上厕所时，有三个人睡在草丛里。

<1912年7月>12日　席勒博士的叙述。一年都在旅游。随后是在草地里对基督教问题进行长时间的争论。那个年纪大的蓝眼睛的阿道夫·尤斯特[1]，他用泥土治疗所有的疾病，并告诫我要警惕那个禁止我吃水果的医生。"基督教联盟"的一个成员捍卫上帝和《圣经》的言论；朗读一首《旧约》中的诗篇以证明他刚才所讲的内容。我的席勒博士因他的无神论而丢脸。错觉（Illusion）、自我暗示（Autosuggestion）这些外来词帮不了他的忙。一个不认识的人问路，尽管美国人每两句话里总有诅咒，为什么他们活得那么好。——在大多数情况下虽然他们活跃地参加辩论，但他们真正的观点却无法确认。这个人急急忙忙地谈起花节[2]，而那些基督教卫理公会教徒却克制住自己。那个"基督教联盟"的成员与他漂亮的小男孩一起，从一只小纸袋里取出樱桃和干面包作为午餐，要不就整天躺在草地上，翻阅着放在面前的三本《圣经》，做着笔记。他在这三年来才走上这正确的道路。来自荷兰的席博士在画油画草图。那是新桥[3]。——装运干草。——在埃卡尔广场旁。——两姐妹。矮小的姑娘。一个有着瘦削的脸庞，举止随便，上下嘴唇灵活动人，鼻子柔媚地耸成尖锥，

---

① 这位尤斯特是自然疗法的创始人，但当时已由他儿子鲁道夫·尤斯特建立和领导自然疗法疗养院。——原注

② 花节亦称献祭节，在这一天通过出售纸花募集资金达到行善的目的。但这一习俗曾遭到一些人的强烈反对。——原注

③ 原文为法文Pont neuf，译为新桥，是巴黎的一座桥名。——译注

一双眼睛不完全坦率但十分清澈。从这张脸上闪出智慧的光辉，我已经激动地看了她好几分钟。当我看她的时候，我觉得有什么东西向我吹拂。她的更女性化的妹妹转移了我的目光。——个新来乍到、拘谨呆板的小姐，其外貌有些淡青色。——这位金发女郎有着短短的、扯乱了的头发。她的形态柔软、细长犹如一条皮带。裙子、胸衣和衬衫，其他就什么也没有。那走路的姿态！——晚上与席博士（四十三岁）在草地上。散步，伸展身体，按摩，敲打和抓挠。完全赤裸着。没有羞耻。——当我晚上从写字室出来时，闻到芳香。

<1912年7月>13日　摘樱桃。卢茨给我朗读金克尔的《灵魂》[①]。——饭后我总是要读一章《圣经》，这里的每个房间里都有这书。晚上，孩子们在玩耍。那位小苏珊·冯·普特卡默尔。九岁，穿着粉红色的短裤。

<1912年7月>14日　站在梯子上带着小篮子摘樱桃。往上爬站在树木的高处。上午埃卡尔广场旁的礼拜仪式。安布罗西乌斯[②]创作的赞美歌。下午把两个朋友打发到伊尔森堡去。——我躺在草地里，这时那个"基督教联盟"成员（高个子，漂亮的体型，皮肤晒得黝黑，尖尖的胡须，幸福的外表）从他学习的地方走进更衣间，或悄悄地用目光跟随着他，但当他走出来时，没有回到原来的地方而是向我走来，我闭上了双眼，而他却已经进行

---

① 这可能指瓦尔特·金克尔所著《灵魂的梦幻和现实》一书，1907年在吉森出版。——原注

② 安布罗西乌斯（340—397）：早期基督教教父，曾任米兰主教，创作过不少布道词和赞美歌。——译注

自我介绍：希[策尔]，土地测量员，并给了我四篇小文章作为星期天读物。在离去时他还说到"珍珠"和"谴责"，他想以此暗示，我不要把这些文章拿给席勒博士看。这些文章是《失去的儿子》《买下了或不再属于我（卖给了不信教的信仰者）》附带一些小故事，《有文化教养的人为什么不相信〈圣经〉？》和《自由万岁！但是：什么是真正的自由？》。我稍微读了一点儿，然后走回去找他，并试图向他说明，由于我对他的尊敬而感到惴惴不安，为什么眼前看不到慈悲会降临到我的头上。为此他对我讲了一个半小时（将近结束，一个年纪较大的、瘦削的、满头白发的红鼻子先生加入了进来，他身披一条床单，说了一些不清楚的意见），每一句话都运用得那么美妙，这只有出自真诚才可能办到。那位不幸的歌德，把许多存在弄得不幸。这里有许多故事。当说到他父亲在他家里亵渎上帝的时候，他，希[策尔]，如何不许父亲讲话。"父亲，你可能会对此感到震惊，并由于恐惧而说不下去，但我觉得理应如此。"说到父亲垂危时在床上如何听到上帝的声音。——他看出我已经接近了慈悲。——我自己打断了他所有的引证，让他去就教于那内在的声音。效果真好。——

<1912年7月>15日　读库纳曼的《席勒》[1]。——这位先生，他总是把一张给他太太的明信片放在口袋里，以防遇到不幸。——路得记[2]。——我读《席勒》。不远处一位老先生赤裸着躺在草地上，一把雨伞撑开在他的头上，[把屁股转向我，并有

---

①　指欧根·库纳曼所著的《席勒》，1905年在慕尼黑出版。——原注

②　《圣经·旧约》中第八卷。——译注

好几次大声地冲着我的茅屋方向喊话。——]起先穿着白色衣服的拘谨呆板的小姐现在穿着褐色和蓝色的服装，在这些色彩的影响下她的脸上皮肤发生了如此清晰的、有条理的变化。

[<1912年7月>15日] 柏拉图的《理想国》——给席勒博士树立了样板。[没有游泳裤。男性露出阴茎的经历。]——福楼拜书中关于卖淫的内容。——参与裸体活动对具体人产生的总印象。——个梦：空气浴协会用 场殴斗毁灭了自己。该协会分裂的两派先是互相讥嘲了一番，然后一派中有一个人跳出来向另外的人呼叫道："路斯特隆和卡斯特隆！"另一派的人说："什么？路斯特隆和卡斯特隆？"那一个人说："当然。"于是殴斗就开始了。

<1912年7月>16日 库纳曼。——古伊多·冯·吉尔豪森先生，退役上尉，曾为《致我的剑》等作词和谱曲。一位英俊的男子。出于对他贵族称号的尊敬，我不敢抬头看他，我浑身冒汗（我们都赤身裸体），说话很轻。他的印章戒指。——那位瑞典青年鞠躬致意。那位年纪较大的、红色头发的中年人由习惯造成的带着沉重呼吸的讲话方式。——在公园里我穿上了衣服，与一个已经穿好了衣服的人谈话。[他叽里咕噜说了许多，声音也很大，可是他说些什么，我一句也没有能够听懂。——]错过了去哈尔茨堡的集体旅游。——晚上。在施塔佩尔堡举行民间射击比赛。与席勒博士和一个柏林的理发师在一起。一片宽阔的、缓缓向施塔佩尔堡的城堡山上升的平原，这儿长着一些古老的菩提树，但被一条铁路路基切割得不成样子。射击小屋，从这间屋子里向外射击。老农们在射击簿里进行登录。三个吹哨者披着女人

的头巾，头巾从他们后面搭落下来。古老的说不清楚的习俗。有些人穿着旧的简单的蓝色的传统长罩衣，是由最纯良的亚麻布做的，价值15马克。几乎每个人都有一支猎枪。一种前膛枪。人们有这样的印象，好像他们全都由于干地里活而累弯了腰，尤其是当他们排列成两行时。几个年长的领队头戴圆柱形礼帽，腰佩军刀。人们捧来了马尾巴和其他一些古老的象征物，引起一阵激动，然后乐队奏乐，一阵更大的激动，接着是沉寂，再后是鼓声和口哨声，人们情绪更加激动，终于在最后一阵鼓声和口哨声中迎来了三面旗帜，人们的情绪达到了狂热。命令，出发。那位老人身穿黑色西服，头戴黑色帽子，有些心情沉重的脸，不太长的、长满了脸孔周围的、浓密的、有丝一般光泽的、白得无以复加的胡须。上一届射击冠军也戴着圆柱形礼帽，身上绕着一条像看门人打扮的绶带，这绶带完全是用小金属片缝制而成的，在每块金属上都刻着每一年的射击冠军的名字以及相应的手工艺标记。（如射击冠军是面包师就刻上一块面包，如此等等。）队列伴随着音乐在尘土中行进，从浓云密布的空中照射出变幻莫测的光线。一个与其他人共同行进的士兵长着木偶似的脸（一个正在服役的射击手），走起路来一跳一跳的。人民军队和农民战争。我们跟着他们穿街过巷。他们一会儿近，一会儿远，因为他们要在各位射击师傅面前停下，表演一番，并接受一些招待。在队伍的末尾尘埃均匀地消散。最后那一对是看得很清楚的。有时他们的踪影会在我们眼中完全消失。那高个子农民胸脯稍微有些凹陷，脸部表情死板，穿着翻口靴子，衣服好像是皮制的，似乎费了很大的劲他才在大门的门柱处被替换下来。三个女人站在他的面前，一个挨着一个。中间那个皮肤深色，很美。另有两个女人站在对面的农家院子的大门旁边。两棵巨大的树长在两家的院落里，在宽阔的街道上方连成了一片。早先的那些射击冠军的住房墙上挂着巨大的射击靶子。舞场被分为两个部分，从中间隔开，在一间有两排座位的棚屋里是乐队。暂时还空荡荡的，小姑娘们在光滑的地板上滑来滑去。（正在休息的、说着话的下棋者干扰我继续写下去。）我给小姑娘们提供我的"柠檬汽水"，她们喝了，年纪最大的姑娘第一个喝。缺少一种真正能交流的语言。我问她们是否已经用过了晚餐，完全没有听懂，席博士问她们是否已经吃过了晚饭，开始有点明白，（他说得不清楚，有太多的喘息声），直到那理发师问她们是否已经喂饱了，她们才知道该怎么回答。我为她们订的第二杯柠檬汽水，她们不想喝了，但她们愿意去玩旋转木马，我与六个围绕着我的小姑娘（六岁到十三岁）一起飞奔到旋转木马那儿去。在路上那个建议去坐旋转木马的姑娘夸耀地说，那旋转木马属于她父母所有。我们坐在一辆旋转木马里打转。这些女友们围绕着我，有一个坐在我的膝上。还有些小姑娘挤了过来，想要共享我的钞票，但我身边的姑娘违背我的意愿，把她们推开了。旋转木马老板的女儿支配着款项，不让我为陌生人付钱。如果她们乐意，我已经准备好再转一次，可是那木马老板的女儿自己却说玩够了，然而她想到甜食品的货棚去。我怀着愚蠢和好奇的心理将她们领往抽彩轮盘。她们尽可能非常客气地用我的钱。随后去甜食品货棚。这是一个有着大量物品的帐篷，商品陈列得干净又整齐，就像一个城市的主要街道上一样。这里有许多便宜的货物，也像我们的市场上一样。最后我

112

们回到舞场。我感到同小姑娘在一起的经历使我产生的感觉比我的赠予更为强烈。现在她们又喝起柠檬汽水来了，并深表谢意，年纪最大的那个代表大家、每人又代表自己表示感谢。舞会开始时我们不得不离开了，这时已经九点三刻。那位口若悬河的理发师。三十岁，留着尖角胡子，髭须被拔掉了。很会讨好姑娘们，但很爱他的妻子，他妻子在家经营业务，不能外出旅行，因为她很胖，忍受不了旅途的辛劳。即使有一次他们去里克斯多夫，她都不得不两次下电车，为的是稍稍步行一段，恢复一下。她不需要假期，如果她能睡上几次较长的觉，她就心满意足了。他对她忠诚，在她那里他能得到所需要的一切。一个理发师面临着种种诱惑。那个年轻的饭店老板的妻子。那个瑞典女人，她对所有的一切都愿意花更多的钱。他从一个波希米亚的犹太人那里买头发，那人名叫普德博特尔。曾经有一个社会民主党委派的代表找到他，要求他发行《前进报》①，他说："如果您们提出这样的要求，那我就跟您们不相干。"但最终还是让步了。他作为"年轻人"（助手）时，曾在戈尔利茨待过。他是有组织的九柱戏俱乐部的成员。一星期前还去不伦瑞克参加盛大的玩九柱戏者大会。有近两万名德国的玩九柱戏者成员。在四条光滑的九柱戏球道上，三天的大会从早晨一直比赛到深夜。但人们无法说出，哪一位是德国最好的玩九柱戏能手。——当我晚上回到我的茅屋时，没有找到火柴，我从隔壁茅屋里借来了火柴，划亮了，照照桌子底下，看它是否掉下去了。那里也没有，却发现了那只水

---

① 《前进报》：于1876年在莱比锡出版。——原注

杯。后来慢慢地寻找，发现凉鞋在墙边的镜子后面，火柴在一个窗台上，小镜子挂在一个凸出的墙角上。夜壶放在橱架上，《情感教育》①在枕头下，一个衣架在床单下，我的旅行墨水瓶和一块弄湿了的抹布放在床上，如此等等。这一切都是因为我没去哈尔茨堡的惩罚。

〈1912年7月〉19日　下雨天。躺在床上，雨点在屋顶上发出很响的敲击声，犹如敲击在自己的胸口上。在突出的屋顶边缘上的水珠不由自主地闪着光，仿佛沿着街边点燃的一串灯光。然后它们掉落了下来。突然有一个白发老人像一头野兽似的冲到草地上，在进行雨中淋浴。夜里雨点的敲击声。人们好像坐在一个小提琴共鸣箱里。早晨跑步，脚下是柔软的土地。

〈1912年7月〉20日　上午与席勒博士一起在树林里。红色的土壤和由它散发开来的亮光。树干向上挺拔生长。山毛榉树摇动着长有宽阔平整叶子的树枝。——下午从施塔佩尔堡来了一支化装游行队伍。有装扮成熊的手舞足蹈的巨人。他摇动着他的大腿和脊背。游行队伍在乐队后面穿过花园。观众们跑着越过草地，穿过灌木丛。那小个子汉斯·埃佩，他是怎样看到他们的呀。瓦尔特·埃佩站在邮筒上。那些全身用窗帘遮盖起来装扮成女子的男人们。当他们与厨房女佣跳舞，而这位厨娘投身于这些看来并不认识的化装者的怀抱时，这是有伤风化的景象。

上午席博士朗读了《情感教育》第一章。下午与他一起散

---

①　法国作家福楼拜（1821—1880）所著的长篇小说，是卡夫卡喜爱的读物之一。——译注

步。讲述他的女朋友。他是莫根施特恩、巴卢舍克、勃兰登堡、波彭贝克①的朋友。他晚上在茅屋里和衣躺在床上，发出可怕的悲叹声。第一次与波林格尔小姐交谈，她已经知道了关于我的值得知道的一切情况。她是从《来自施蒂利亚②的十二人》③中认识布拉格的。淡黄色的头发，二十二岁，看上去像十七岁，总是关心她那患重听的母亲；已经订婚，爱卖弄风情。——中午那位像皮带似的瑞典寡妇瓦斯曼太太离开这里。她通常的服装外面仅套了一件灰色的短上衣，戴一顶有小面纱的灰色小帽。在这个框架里她那棕色的脸孔显得非常柔和，对多面体的脸的印象其决定性的因素无非是距离和装饰。她的行李是一个小型的旅行背包，看来除了一件睡衣外里面没有别的东西。她就是这样不停地旅游，从埃及来，到慕尼黑去。——今天下午当我躺在床上时，这里的人使我激动起来，其中有些人使我产生兴趣。——冯·吉尔豪森先生的一首歌中唱道："你知道吗，好妈妈，你是多么的可爱。"——晚上在施塔佩尔堡跳舞。这个节日持续了四天，几乎都不工作。我们看见那位新的射击冠军，在他的背上写着19世纪初以来历届射击冠军的名字。两个舞场都挤满了人。在大厅的四周站着一对对舞伴。每一对隔一刻钟才能进场跳一次短舞。大多数人沉

---

　　① 指抒情诗人克里斯蒂安·莫根施特恩，画家汉斯·巴卢舍克，作家汉斯·勃兰登堡，小品文作家费利克斯·波彭贝克。——原注

　　② 奥地利的一个州，德文为Steiermark，英译为Styria，汉译从英译，通译为施蒂利亚。——译注

　　③ 指鲁道夫·汉斯·巴尔奇的长篇小说，1911年在莱比锡出版。——原注

默不语，不是由于尴尬或出于一种特殊的原因，而只是简单的不说话罢了。一个醉汉站在边上，他认识所有的姑娘，他抓住她们或者至少是伸出手臂想要拥抱她们。被抓的跳舞姑娘都不动声色。喧闹声够强烈的了，这来自音乐和下面坐在桌子旁边的人们以及站在柜台旁边的人们的叫喊声。我们长时间地无所事事地走来走去（我和席博士）。我后来与一位姑娘搭上了话。她在外面时已经引起了我的注意，那时她正和两个女友在吃着哈尔伯施塔特的涂上芥末的小香肠。她穿着一件白色的上衣，上面绣有延伸到肩膀和手臂的花卉图样。她的脸蛋既可爱又忧郁，微微前倾，因此她的上身有些下压，使得上衣鼓了起来。在这种倾斜的姿态中那只小翘鼻子更增加了她的忧郁感。整个脸孔布满了无从选择的红棕色。我同她搭话时，她正从舞场的两级台阶上走下来。我们胸对胸地站着，她又回到舞场。我们一起跳舞。她叫奥古斯特，是从沃尔芬比特尔来的，一年半以来在阿彭罗达一个名叫克芬德的人开的饮食店里干活。我有个特点，那些专有人名说了好几遍总是听不明白，后来当然也就记不住。她是个孤儿，10月1日将进一座修道院。她还没有把这情况告诉她的女友们。她原本在4月就要去的，但她的东家没有让她去。她进修道院是因为她有过辛酸的经历。但她不愿详细谈这些事情。我们在舞厅前的月光下走来走去，我刚结识的那些小女友们跟着我和我的"新娘"。她虽然很忧伤，但是很愿意跳舞，当我后来让她同席博士跳时，这一点表现得特别明显。她是做外勤的。10点钟时必须回家。

    <1912年7月>22日　格[洛夫]小姐，女教师，有着类似猫头鹰的年轻的生气勃勃的脸，充满了活泼的、紧张的表情。体态却比较随便。——埃佩先生是来自不伦瑞克的私立学校的校长。他是一个比我强的人。说起话来自我控制，必要时如火一般热烈，思考周密，富有音乐性，从内在到外表都滴水不漏。柔和的脸庞，但更为柔和的是布满整个脸庞的络腮胡子和山羊胡子。矜持的走路姿态。当他与我同时第一次在一张桌子旁坐下时，我坐在他的斜对面。一种静静地咀嚼的聚会。他不时地与人搭话。如果对方保持沉默，那么他也同样沉默。但是如果一位距离较远的人说了一句话，他便抓住他，但并不过分紧张，而是自言自语，仿佛他是在跟人家说话，而人家也正在听他讲似的，与此同时他正在看着他那剥了皮的西红柿。除了那些感到受了侮辱的人以及像我这样的人外，所有的人都集中了注意力。他并不取笑任何人，而是让每个人发表的意见围着他的话题转。如果没有人搭理，他就一边夹核桃或动手处理吃生的蔬菜、水果时必须处理的东西，一边轻声哼唱起来。（桌上放满了盘子，人们可以随便取用。）最终他让所有的人都参与他的事情，比如他声称必须把所有的菜名都记录下来，因为他要把菜单寄给他的太太。在他使我们对他的太太着迷了几天之后，关于他太太的新的故事又开始了。据说她患有忧郁症，必须进戈斯拉尔的一家疗养院，但她必须订八个星期的合同，并且要带一个女护理人去，等等，她才能被接受，正如他已经算出来的，后来他坐在饭桌旁又算给大家听，整个费用将超过1800马克。但他说这些话时一点儿不使人感到有引起别人同情的意图。但一笔如此昂贵的费用总得考虑吧，所有的人都在考虑。几天以后我们听说，这位太太要来了，也许这家疗养院使她很满意。在吃饭的时候，他得到消息，太太带着两个男孩刚刚抵达，正等着他呢。他感到高兴，但还是从容不迫地把饭吃完，虽然这种吃饭的方式本来无所谓始终，因为所有的食物都同时放好在桌上。那位太太年轻、肥胖，只是在衣服里才显示出腰身，有一双聪慧的蓝眼睛，梳理得高高的金黄色头发，对烹饪、市场情况等了解得非常清楚。在吃早饭时——他的家人还没有来到桌边——他一边夹核桃，一边对格洛夫小姐和我说：他的太太患有忧郁症，并且伤了肾，她的消化功能也很差，她有广场恐怖症①，夜里快5点时才睡着，当早晨8点她被人叫醒时，"她自然就气得发疯"，"变得十分狂躁"。她的心脏陷于极大的紊乱，她还患有严重的哮喘病。她的父亲死在精神病院中。

---

① 广场恐怖症是精神病的一种。——译注

1913年9月之旅

1913年9月10日①

在议会大厦前行②的圆柱之间。等候我的主任③。下着大雨，在我前面是戴着金盔的雅典神帕滕诺斯像。

〈1913年〉9月6日　乘车去维也纳。与皮克④闲聊文学界的杂事。相当反感。这种情况（比如皮）如同人们悬挂在文学的球体上而无法脱身，因为人们的指甲已经插了进去，但其他方面却是一个自由的男子，双脚还在向慈悲方向蹦动。他的鼻子有吹泡特技。当他断言我在折磨他时，他却在折磨我。——

---

①　这几则日记过去没有在《旅游日记》中发表过，现在的格式完全按照原稿编排，先是9月10日，后是9月6、7、8日。——译注

②　在维也纳的议会大厦里，1913年9月2日至9日召开"第十一届犹太复国主义者大会"，1913年9月9日至13日召开"第二届国际救护事业和事故预防措施大会"。——原注

③　指布拉格工伤事故保险公司里的卡夫卡的上司罗伯特·马希纳，这时卡夫卡陪他参加"第二届国际救护事业和事故预防措施大会"。——原注

④　奥托·皮克（1887—1940）：奥地利作家兼翻译家，早先为银行职员，他是卡夫卡在维也纳的朋友。下文中出现的皮即皮克。——译注

在角落里的旁观者。——海利根施塔特火车站①，车站和车厢都空荡荡。远处一个男子在查找公布的行车时刻表。（现在我坐在特奥菲尔·汉森②的方座半身塑像的台阶上。）弓着身子，蜷缩在大衣里，脸孔对着黄色的广告画。乘车经过一家有着平台的小型饭店。一位客人举起了手臂。维也纳。愚蠢的不安全感，最终我尊重这种不安全感。马特沙克霍夫旅馆。两个房间共用一个通道。选了前面那一间。不堪忍受的混乱。不得不同皮一起来到街上。跑得太多了，跑得愈来愈快。有风的天气。所有一切忘掉的东西又辨认了出来。睡得很差。充满了忧虑。一个使人反感的梦（马勒克③）。（日记的问题同时也是总体的问题，包括总体所有的不可能性。）在火车里我一边跟皮谈话，一边在考虑这个问题。所有一切都说出来，这是不可能的，不把一切都说出来，这也是不可能的。捍卫自由是不可能的，不捍卫自由也是不可能的。过单独一人的生活不可能，也就是说要生活在一起，每个人是自由的，每个人为他自己，既不是表面上的也不是真正的结婚，只是在一起而已，为此就有了超越男子友谊的最后的可能性的一步，临近为我设定的界线，否则一只脚已经抬了起来。然而这恰恰也是不可能的。最近这个星期有一天上午我忽然想到，下午我要写些东西作为解脱。下午我得到

---

① 维也纳市一个地区的火车站。——原注

② 特奥菲尔·爱德华·冯·汉森（1813—1891）：丹麦建筑师，和哥哥汉斯·克里斯蒂安（1803—1883）一起建造了雅典科学院大厦和维也纳议会大厦。——译注

③ 这里提到的马勒克可能是人名。——原注

122

一本格里尔帕策的传记[①]。他这样做了，正是这样做了。（刚才有一位先生在观赏特奥菲尔·汉森的塑像，我坐在那里像他的克利欧。）但不管这生活多么无法忍受，充满罪恶，令人讨厌，可是总还得过下去，也许我比他有着更大的痛苦，因为我在某些方面懦弱得多，今天就写到这里。

（以后在这方面还会再遇到——梦。）晚上还见到了丽莎·韦尔奇[②]。

〈1913年〉9月7日　对皮感到讨厌。总的来说他是一个很诚实的人。如果现在长时间观察，在他的性格中总是有一点儿令人不舒服的缺陷，这缺陷表现为唯唯诺诺，正是这样形成了他完整的性格。

早晨在议会大厦。事前在大厦的咖啡厅里从丽莎·韦那里拿到犹太复国主义者大会的入场券。去埃伦施泰因[③]那里。奥塔克环形大道。对于他的诗歌我不知该怎样评价。（我很不平静，所以也有一些不真实，因为我不仅仅为自己而写作。）与两个

---

① 弗兰茨·格里尔帕策（1791—1872）：奥地利剧作家、诗人。这里所说的传记全名为《弗兰茨·格里尔帕策生活史》，德国作家海因里希·劳伯（1806—1884）著，1884年在斯图加特出版。卡夫卡在1913年9月7日写给未婚妻菲莉斯·鲍威尔的明信片中提到这部传记，并引用了其中一些话。——原注

② 丽莎·韦尔奇（1889—1974）：卡夫卡朋友费利克斯·韦尔奇（1884—1964）的堂妹，也是作家罗伯特·韦尔奇（1891—1983）的姐姐，他们都是当时布拉格犹太群众团体的活跃分子。——原注

③ 阿尔伯特·埃伦施泰因（1886—1950）：奥地利表现主义诗人、小说家。——译注

人一起去塔利西亚①。与他们两人再加上丽莎·韦在普拉特。同情和无聊。她去柏林犹太复国主义的办公室。抱怨她的家人很敏感，确实就像一条被钉住的蛇似的绕来绕去。没有办法帮助她。对这类姑娘的同情（间接地关系到我）也许是我最强烈的社会同情。照相，射击，"原始森林里的一天"，玩转椅（她束手无策地坐在那上面，连衣裙被风鼓了起来，做工很讲究，但穿得并不舒服）。与她父亲一起在普拉特咖啡馆。有小游艇的水池。不停地头痛。韦一家人去观看《莫娜·娃娜》②。我在床上躺了十个小时，睡了五个小时。放弃了戏票。

〈1913年9月〉8日 犹太复国主义者大会。一个长着小圆头、两颊结实的那种类型的人。从巴勒斯坦来的工人代表不停地喊叫。赫尔茨勒的女儿。雅法③的前文科中学校长。直挺挺地站在一个台阶上，乱蓬蓬的胡子，被风吹动的上衣。别人听不太懂的德语讲话，夹有许多希伯来语，主要的工作在小组会上进行。丽莎·韦整个来说只是让自己随大流，心不在焉，在大厅里抛纸团，显得很绝望。遇见泰因夫人④。

---

① 维也纳一家素食饭馆的名字。——原注
② 《莫娜·娃娜》：比利时法语作家梅特林克（1862—1949）于1902年所写的剧本，1913年9月7日维也纳皇宫剧院正上演此剧。——原注、译注
③ 雅法：以色列濒临地中海的一城市。——译注
④ 克拉拉·泰因（1884—？）：布拉格"犹太复国主义地区委员会"成员。——原注

附录

马克斯·勃罗德《旅游日记》

1911年8月—9月之旅

马克斯・勃罗德
卢加诺—米兰—巴黎之旅

布拉格——餐厅——我看到他已经是个旅行者了。虽然我有足够的时间，但总有这种感觉："我可没有时间。为什么我要记住这一切呢？我再也不到这儿来了。"

罗伯特的蘸水钢笔

在圣加仑的"托伯勒"——许多商号，在伯尔尼的托伯勒巧克力公司，沿行车道有许多广告。

一对英国夫妻看上去像父亲和女儿，法国夫妻却像绅士和娼妓。

8月26日①星期六　1点02分启程
关于最近一些日子的报道。

———————————

① 　这里指1911年8月26日。后文所有注释均为译者所注，不一一说明。——译注

卡夫卡建议共同进行一次旅行。解释得不是很全面。通过不同的立场态度同时对旅行中的事物进行描述。

一辆载有农妇的车子行驶过去。一个农妇被另一个唤醒，为了看我们。她挥手打招呼"来啊"，只是处于半醒状态。——在隔壁车厢里一个皮肤深色的、英雄般的女人，一动也不动。

在比尔森有一位女士上车。首先看了一下周围的人。我像往常一样喝我的比尔森咖啡。一张绿色小纸条由售票员粘贴在车厢的窗子上，这就像在密斯德罗①的远程游艇利用三角旗可以显示出船只的数目，这对于用小船载人登岸是十分必要的。——这只是一个古老的比较，因为现在自从好几年以来那里已不用这种登岸方法了。

那位女士名叫安吉拉·雷贝格②，是一位军官的女儿。跟她接触是由于她那包装好了的大帽子随意地掉落或吹落到我的头上。她是瓦格纳的崇拜者③。爱好搜集巧克力糖纸。但也爱好雪茄烟上的饰带。她去特林特④她父母处。全日工作在一个技术性的办公室里，对自己的生活非常满意。她乘坐火车，因为病了。——

---

① 密斯德罗：捷克沃林地区的一个村镇，有著名的海滨浴场，1945年后该地区划归波兰。

② 安吉拉·雷贝格（Angela Rehberger），卡夫卡日记中写为Alice Rehberger（阿丽丝·雷贝格）。

③ 理查·瓦格纳（1813—1883）：德国音乐家，写有多部歌剧，拥有众多的崇拜者。

④ 特林特（Trient）：意大利文为Trento（特兰托），现为意大利南蒂罗尔省省会，1803年起属奥地利，1949年起属意大利。

她的脸孔庞大而又不成形，使我想起了布拉格的姑娘；看上去只是一些典型的脸孔，她们的特征（喇叭鼻、肿起的两颊，垂直的、皱缩的、短短的嘴唇，低低的额头——）配合起来方显示出来。——我们将在慕尼黑下车。——她的关于军队的明信片。办公室里"最小的孩子"。——无可指责的，开火，加速0.5，不出所料。——办公室里伟大的笑话。钉住火腿小面包，黏住蘸水钢笔杆。我们自己有机会，共同参与这样一种"无可指责的"笑话，与此同时我们允诺，她写的一张风景明信片从苏黎世帮她寄给办公室全体人员（"上错了火车"）。她对此很高兴！

在慕尼黑乘汽车穿过城市。夜晚，下着雨。我们只能看到所有建筑物的第一层楼，因为汽车的硕大雨罩挡住了我们的视线。对宫殿、城堡和教堂的高处梦幻般的想象。卡夫卡说，这是一个地下室住所的视角。——汽车司机喊叫着；较长时间停车，只是为了看一看在自由纪念碑旁雨中轰鸣的喷泉。越过看不太清楚的伊萨尔河上的桥梁。只是它们的名字对我们尚很熟悉。沿着"英国公园"的漂亮的别墅。"四季"饭店的窗户，它的名字对我们意味着最最时尚，早已如雷贯耳。——整个行程延续了（按照出租车上的计时器）20分钟。

在火车站上我们走进盥洗室，在那里指定我们用一个"卫生间"。——洗了一下手和脸。——卡夫卡问道，在布拉格哪儿能找到这样的地方？

我们的行李此时（我的心在扑扑地跳）留在车厢里。

看来真是这样，我可以在车厢里美美地睡上一觉了。持续不断的、强烈的噪声，这种噪声对于那些使人意外的噪声来说没有什么了不起，与之相比它的作用简直就是深深的静寂。只有在火车停靠车站时才干扰我的睡眠。——两个年轻的法国人。——他们嘲笑林道的奥地利公共汽车售票员。——他们把林道说成"伦多"。一个陌生国家的售票员有着不可抗拒的滑稽印象，正如在菲尔特的巴伐利亚售票员带着一个红色的大口袋给我们的印象一样，这口袋低低地围着他的双腿摆动。——我继续睡觉，座位不很舒服，但确实已经很好了，我把我的雨衣卷起放在头底下。

远眺神秘的充满想象的博登湖。夜晚。回忆起诗歌《跨越博登湖的骑者》。

早晨被卡夫卡叫醒，看一座高耸的桥梁。起先有些恼怒，后来感到很高兴，因为看到了许多东西。我们来到瑞士了。

这是星期天，早晨5点钟，所有的窗户都还关着，大家都在睡觉。8月27日。

我们系统地认识一个国家，卡夫卡说，首先是房屋建筑和自然风光，然后才是这个国家的人。——总有这样的感觉，我们在周围呼吸到唯一的很奇怪的空气。——许多树木，它们的针叶在脚下翻滚，正如我在K.瓦尔泽[①]那里曾经见到过的一样。这是故乡的大自然，在我面前又显现了出来。一个健康的松树之国。卡夫卡说："天空是如此的湛蓝和光洁，每朵云靠上它都得滑走。"——沉重的、巨大的松针枝条。——我没有看到圣加仑。——温特图尔。——在草地国家到处都是做工很细致的栅栏，这

[①] 卡尔·瓦尔泽（1877—1943）：瑞士画家，尤其擅长于描绘温特图尔、苏黎世、伯尔尼的景色。

些栅栏是用铁丝和竖起的木杆做成的。——另外一些则是用灰色的像铅笔似的尖尖的树干做成的。有时这些树干被对半平分。这就像我们孩童时代为了取出铅笔芯而把铅笔一劈为二一样。——我还从来没有看到过这样的栅栏呢。一般地说每个国家都会呈现出新鲜事物来。——电线杆也有新的类型。——牛群已经都在牧场上了。

在太阳升起时，高山牧场上深绿色的草地会如此奇妙地泛出白色。——这是干旱的1911年。

回想起巴伐利亚的既多姿多彩又令人讨厌的风光。那里静止的森林看上去就像柴火一样。人们总是看到幼树木，较早的林中空地以及新的林中空地。在木材转运站上，分层堆放的木头准备外运。——这里的森林无法估量，几乎没有被利用，简直是过剩。也许并不经济？

在温特图尔火车站只有一间库房，行李就放在它的平台上，有些标签上写着"东瑞士农学家联合会"，使我想到了柏林。

在所有的小城市中都有一些孤零零的房屋。瑞士将如何建成一个大城市呢，我们不禁发问。——墨绿色的百叶窗。——每一座建筑物都像郊外别墅。尽管里面开的是公司商号，家庭和商行事务似乎在一起。回想起了瓦尔泽①的小说《助手》。——人们没有看到小街小巷。每一所房子的四面都有街道围着。

卡夫卡说："是否还没有爱国者想把瑞士的面积这样来计

---

① 罗伯特·瓦尔泽（1878—1956）：瑞士德语小说家、诗人，被认为是卡夫卡的先驱；《助手》是他的三部自传体长篇小说之一，通过一个工程师的秘书的见闻反映资产阶级家庭的虚伪和堕落。

算，即把高山的表面也作为平原来测量。这样瑞士就必定比德国要大。" ——

瑞士的干净整洁印象深刻。一位母亲带着她的几个孩子穿着节日服装在街上漫游。——回想起戈特弗里德·凯勒,他是靠他母亲教育成才的。

瑞士人的健康状况良好,这样说一定会引起柏林人如希勒尔的厌恶。

对于一个瑞士人来说,要永久移居国外是多么的困难。——

在苏黎世有一些平民带着火枪同我们一起下车。自由的瑞士。

我们看到了军队,但给人一种富有轻歌剧的印象。卡夫卡认为也有一种历史性的印象。也许每一个国家的军队都是如此。可是在自己国家里我们并没有看到这些。——反军国主义者的论据兴许是至关重要的!!

在火车站上:正展出《犹太女人》①的广告。

兜售风景明信片的小贩能讲多种语言。

我们买了旅游指南,并同他一起来到一处没有什么人的地方。——交谈,请他推荐,这大清早是否有洗冷水浴或热水浴或至少是吃早点的地方。去利马特桥的方向真难找,是否利马特河从苏黎世湖中流走了——我们相信,利马特河是注入苏黎世湖的。——在简要地了解了概貌后我们转向天文台,从那儿走过进

① 《犹太女人》:法国籍犹太作曲家哈莱维创作的歌剧。——编注

人"主要交通干线",然而这里同样也是人群稀少,因为这时还很早呢。空荡荡的、淡蓝色的、干净的电车。——在环形大道上有一家男子时髦用品商店,在它的橱窗里摆放着两种颜色的上衣新产品。还有银灰色天鹅绒制成的宽边软呢帽。——仔细阅读广告牌,有的广告牌上写的是尼斯的皇宫旅馆的事,等等;有块广告牌介绍民间戏剧《马里加诺》,耶莫里配的音乐。——耶莫里百货商店。——小城市的繁华不亚于布拉格。——开设了许多银行,一体都是由蓝色的大理石建成的。——给人的印象是一个欣欣向荣的美丽的城市以及它那微不足道的居民,这些居民多么偶然地在富丽堂皇的建筑物之间转悠,他们并不理解,正是他们创造了这些美丽的东西。我觉得格拉茨①十分类似。——邮递员背着长长的木制小邮箱,很陈旧,呈棕褐色;就像旧房间设施的那种颜色,顺着腹部很合适地弯挂着——这确实比我们的手提包实用得多。他们背着它几乎像孩子似的背上什么东西,小心翼翼快步走着。小邮箱装得满满的,它的盖没有关上。难道这就是万国邮政联盟②所在地瑞士的邮政情况吗?它的古老设施保持得如此久远。他们的职业性服装:不纯净的白色粗布衣料制成的像儿童穿的长睡衣。一大摞信件平放在小箱子底里,其余的乱七八糟堆放在上面。他们走得很小心,走得很快,对上级的指令毫无批评意见。

---

① 格拉茨:奥地利施蒂利亚州首府。
② 万国邮政联盟于1875年建立,盟址设在瑞士伯尔尼。

苏黎世湖的景象。没有背景。在码头上的骑马人。泉边的碑文出自一篇不熟悉的《圣经》。——一个粗俗的人在没有抽水马桶的厕所里。卡夫卡回忆起受到交通威胁的巴黎圣罗歇大教堂前面的厕所。——一位警察指点我们去妇女协会的无酒精的饭馆。卡夫卡在这种情况下①知道许多有关的事，迄今一直在寻找而未能找到。现在可安心了。——狭窄的街巷。回想起中世纪时的一位享有盛名的市长，但是市民最后把他砍了脑袋。一个男子正艰难地在高高的小巷里向下跑，嘴里还唱着歌。旧城很干净，可是又回忆起鲁昂②的港口区域。大教堂广场。

早餐：蜂蜜，黄油，咖啡。黄油是卷起来的，冰冻后平整光滑，从形式上看外表好像很坚硬，但实际上很柔软。——不收小费。——邻桌的那位先生拿来了《苏黎世报》，他又把它挂回到原来的地方了。我没有去读这份报纸。

在教堂里，感到有些尴尬。男人们站在两旁。有人指点我较好的位置。

在男子浴场。人满为患。各种题词不规则地写着许多种语言。——在瑞士语言问题的解决办法。人们把一切都弄乱了，以至于沙文主义自己都无法精通了。一会儿左边是德语，一会儿右

---

① 译文下有重点符号者原文为法文。下同，不一一注明。

② 鲁昂：法国西北部港口城市，塞纳河入海口。1910年10月卡夫卡曾与马克斯·勃罗德同游法国。

边是德语，一会儿是法语或意大利语，或者两种语言都有，甚至还有英语，一会儿又找不到英语了。在弗吕埃伦铁路上禁止用德语——意大利语。公共汽车这样的交通工具使用德语——法语。——从根本上说瑞士是政治家的学校！

那些年轻人在浴场里说一种陌生的奇怪的语言：瑞士德语。我听不懂。——似乎是关于性爱方面的事。——我感到不自在，因为我只穿了游泳裤。——公共设施：前面是浅的平底水池，通过一座桥就可以看到深水池的入口，再通过一座桥就进入湖中。"禁止不会游泳的人在湖中游泳。"还有多项禁令。水池边上铺砌木板，避免滑倒。沙子或石子更好一些。有人撞了我一下，差一点跌入水中。后来我躺在邻近享受日光浴，加入摔跤运动员的队伍。后来浴场管理员拿了一个喷水器来喷我们。对我说："Werden mal allike."①我回答："我不懂您说的话。"他又说：（突然很友好，几乎有些窘迫）"请您们穿上衣服。"之后我们就离去了。——脱衣服的房间里有一张共用的长凳，墙上有许多挂衣服的钩子。卡夫卡认为这是共和政体。——我没有去湖中。我对学习游泳渐渐地荒疏了，就像早先学打网球那样丧失信心——过了一定时间似乎才完美起来。——丢失一些马克，在卢塞恩时就把贵重物品加固在衬裤上。——总的说来我是以闷闷不乐的心情离开浴场的；正如卡夫卡所言，外国的公共游泳池属于公共设施，人们应从广泛的使用价值认识它的优点。

游泳场正常地面对着湖，不是平行的。

------

① 瑞士德语："穿上衣服。"

一条轮船启航，船上吹奏难听的铜管乐曲。

我们来到岸边的露天音乐会。姑娘们全都非常难看。如有一位美丽的女子周游瑞士，那该是一件令人愉快的事。——在我们旁边有人正在读一份俄文报纸。我们想到这里有许多虚无主义者。应该以日内瓦为准才是。——这里没有犹太人。看来犹太人不想做瑞士这桩大买卖。——节目单上哈莱维①的《犹太女人》几乎使我们大吃一惊。——音乐演奏得没有我们那儿的好。观众有的在散步，也有一些站着。回忆起巴黎卢森堡公园的音乐会。当时我们非常赞赏共和政体和露天音乐会。

我们快步跑向水桥。凯勒故居锁上了大门。——在旅行社里进行交涉也无济于事。可是给了我们一些关于铁路交通等方面的小册子。——观赏一些房屋。蓝白色闪闪发光的百叶窗。老房子也装修得非常漂亮。许多房屋的楼层前面都有阳台。——音乐厅。不懂音乐的城市总是举办音乐活动来炫耀自己。——另外一些事情向导游请教。——在这个洁净的城市里有妓院吗？后来我们找到了那个地方。

在那家无酒精的饭馆的二楼用午餐。我要了一份肉食套餐。卡夫卡没有要。第一次喝迈伦的葡萄酒，经过消毒的新鲜葡萄果汁。——我没有发现塞勒斯的品种和另外的品种有什么差距。有人告知，这是一种很容易栽培的品种。——房间按照霍尔拜

---

① 雅克·弗朗索瓦·哈莱维（1799—1862）：法国籍犹太作曲家，1819年获罗马大奖，作有歌剧30余部，《犹太女人》（1835）享有盛名。

因[①]、雷斯达尔[②]和其他一些不知名的画家的复制品装饰起来的。——下面是另外一些虔敬协会的广告。——豌豆汤里加有西谷米、柠檬奶油甜食之类，价钱很便宜，仅1.20法郎。真有那样特别便宜的东西？——在女出纳员那儿付款，她面对楼梯坐着。我几乎挨着她走过。

赶紧奔向火车站。

在苏黎世，慕尼黑的工艺美术的影响随处可见。——我不怎么喜欢这个城市。

大约3点钟时启程去卢塞恩。沿着湖行进，过不多久许多房屋围着这个湖。我很不喜欢。———个车站的名字叫"基尔希贝格"，使我想起康·费·迈耶尔[③]的一首很优美的诗歌。

沿着楚格湖行进，那儿看来好像人烟稀少。很安静。湖水呈深绿色。

我的箱子增加了我许多麻烦。巨大而又明亮的火车站，在出入口处可远眺另一些高山的全景。到处都可以看到鸟瞰湖光山色的图片。各种各样的地图，即使它印得很小，但图上都备有广告地址的名字，就像柏林和罗马一样给人以一个较大的范围。瑞士人知道如何来对待外国人。地址的广告就像货物的广告一样。——我们从导游那儿选择了"葡萄旅馆"。——走过一座桥，这

---

① 霍尔拜因（1497—1548）：德国肖像画家、版画家。

② 雷斯达尔（1628/1629—1682）：荷兰风景画家。

③ 康拉德·费迪南德·迈耶尔（1825—1898）：瑞士德语诗人、小说家。

桥像苏黎世的一样连接着城市码头的线路，是湖与河之间的一个界线。

卢塞恩很像法国人征服的一个德国城市。给人这样的印象，好像德意志文化在这里就像在波希米亚一样呈衰退趋势。难道这是德意志文化的一种固有的特性吗？——甚至"疗养院大厅"这个词在这儿也成了法语音调。有少数外来词原本就是法国人从我们这里吸收过去的，这个词就是其中之一。疗养大楼在法国人嘴里就喜欢叫疗养院大厅。——角角落落里都有法国《晨报》，还有不少法文书籍。——码头旁有很大的旅馆。这些旅馆从它们的旗帜和房屋前面可卷起的帘子看十分相似，帘子又和旗帜相同，三角旗把旅馆装饰得五彩缤纷。从旅馆的建筑风格上看，似乎主要考虑的是尽可能多地建造无数的阳台。——为什么在奥地利的阿尔卑斯山区没有这样做呢？

对面是空荡荡的气球大厅，闪亮的银光，金色的边，可是空空荡荡！飞艇真能进行长距离的旅行吗？——这里有类似火车站的建筑，双轮滑车，旁边有一个展览会以及公共娱乐场。——疗养地音乐会。晚上有一场法国流动性剧团的演出。——水果。——湖滩散步处的三重灯光，往外直接照射到湖面上，然而在茂密的树木下则黑暗层层，中间的小路通向旅馆的花园，花园里第一批风灯已经摆放在桌上。——阵阵芳香。——在悲伤中的波兰女人。——湖上清澈的湖水。

在旅馆里，女接待员和姑娘们的笑声。非常令人怀疑。薄薄的墙壁。就像巴黎的欧石楠木。——红色的天鹅绒靠背椅。——狭窄的楼梯间里的嘈杂声。——锁上的箱子。难道那儿在等待一个小偷？难道是先辈的骨骼？——

在华丽的旅馆旁边经过，我们在寻找一家用晚餐的餐馆。往回走又来到火车站旁，我们在那儿走进一家同样华丽，也就是说比较昂贵的饭店，但这儿也可平民般的节约消费。穿着瑞士民族服装的姑娘进行服务。我要了一份混合小锅。这汤很长时间还一直很热，连同它的蔬菜味道很好。然后是熬煮的牛肉和多种冷菜。可那陶制小罐中的菜肴总是非常美味。

这些要回家的人被钱币的声响留住了。我们回忆起，这整个时间我们处于半清醒状态，在卢塞恩玩牌的情况。——人们付1个法郎的入场费，走进一个房间，这房间是门厅的延长，两边站着长长的人群。靠墙坐着另外一些人，他们在等待，有一个老太太睡着了。两边人群的每一边都挤在一张桌子上，这桌子原本有五个部分组成，中间是球或小马，两边还有两张桌子，划分如下[①]：

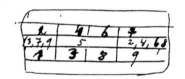

右边和左边的空格意味着2、4、6、7和1、3、8、9。

墙上有劝导性告示：这游戏遵守一条规则。最高赌注为5法郎。"敬请本地人让外国人有优先权，因为这种赌博游戏是为客人的娱乐而设立的。"

———

① 马克斯·勃罗德画的图样与卡夫卡画的略有不同。勃罗德自己写的也不一致。

赌博的人站着。收付赌金的人穿着黑色的华丽制服坐着。一个主持赌博的人坐在高高的位置上——两个穿着黑色衣服的仆役。叫赌的人：先生们，出牌吧——牌在这里了——你们的牌都出来了——都在这里了，你赢了——全都完了——3数（le trois）。强调的是"le"。这声音持续不断。这时他轻轻地抛出橡胶球，这球后来稳定地落在某一个数字上。输赢就这样在很短的时间内定下来了。——收付赌金的人手拿金属耙了，这耙子的黑色把柄已经磨得很光滑了。他们把钱耙向自己身边，或者把钱抛向赢家的格子里，那儿也有耙子截住。他们根据情况分派赌金。

人们不可以把手搁在绿色的赌桌上。

我们在敞开的凉爽的窗边进行商量。起先我建议，我押双数，卡夫卡总押单数。这对我们来说似乎很可笑，因为我们忽视了5。在赌场上我们才注意到了这点。我们在出纳处每人换了5个法郎。就这样交替押宝，但总是出单数。卡夫卡赢了。过不多久我就输光了。——后来卡夫卡也输了。在这种情况下我们都有这样的感觉，这一种赌博该永远玩下去吗？我们的困惑。——金钱的消失，就像在一条寻欢作乐的歧路上逐渐丢失，或者像人们在浴缸里放水慢慢地总在不断流淌。当然某些瞬间塞子也会塞住的。可是最后一切都完了。——我们在此后十分生气，因为永远未能弥补这样的一种损失。是否要用自杀威胁迫使老板归还我们这10个法郎？——一个很好的想法，这想法与这次损失联系在一起，就像我们现在所看到的，真是陷于损失之中了。

这是漫长的一天！

8月28日，星期一

满面笑容地招待用早餐。

轮船，我们昨晚事先已经了解好了，因此准时到达。——我们选择了二等舱位。我回忆起许多在伏尔塔瓦河①上的美好的航行！！

卢塞恩的早晨印象，犹如晚上一样很少豪华气派。

一对夫妇正在念一封从布雷斯劳寄来的信，其中摘有报纸上登载的关于在意大利发生霍乱的消息。——近处双轮滑车没完没了地转动，就像做了亏本生意，表丢失了。——

皮拉图斯山③不断变化的形状。

人们对湖的浩渺同原先想象的完全不一样，它比实际情况更加直接。事实上湖湾慢慢地展开，巨大的湖段使眼睛变小了。湖面变得越来越宽阔。———家旅馆装有红色的帘子，犹如大地上的一架手摇风琴。

交叉湖口，屈斯纳赫特④，斯坦斯塔德⑤。

在维茨瑙上岸，去里吉铁道。很快湖面就出现在底下。一辆摩托车的噪声，只不过是小小的干扰，车站上的热闹场面那就

---

① 伏尔塔瓦河：波希米亚（捷克）的主要河流，流经布拉格，注入易北河。

③ 皮拉图斯山：四林州湖西部的块状山脉，高2100多米，有齿轮铁道通往山顶。

④ 屈斯纳赫特：四林州湖北面一城市名，属施维茨州。

⑤ 斯坦斯塔德：四林州湖边上一港口，属尼瓦尔登州。

像爆炸一样。——对平原的惊奇。——好多个车站。——也有一家名叫费尔希林的便宜旅馆，2法郎午餐，2法郎房间。——里吉圆形山顶。人们寻找最佳的观景处。——白色的遮阳伞下是纪念品。——一个英国人旅行团体以及他们的导游。——通过一个望远镜（闭上一只眼）可以看八个景点，花50生丁①。但我们让这望远镜转动，这样可以看到无数个景点。由于炽热的空气，图像总是在晃动。困难的是，无法在望远镜中直接确定观看景点的位置。午餐时间到了，屋顶上的钟声敲响，犹如往常一样去教堂。——少女峰，修士峰，蒂特利斯山，乌里红山岭。——平原——湖泊，对它们的名字就可能争论不休。——自上往下看群山会有错误的景象，它们似乎平坦地压在平原之中。——这一切像飞起来的一样。——楚格湖的岬角似乎是用手折断的；人们可以设想，必须诱使一个巨大的神灵，就像我们在儿童时代所做的那样，通过一根用手指牵引的线把楚格湖与四林州湖联结在一起。——面对许多英国人，关于匹克威克②的谈话。

很糟糕的公用餐桌，4个法郎。我们吃自带的梨。

下行是里吉铁道的梯级车站。我们利用每个机会小睡一会儿，两腿悬在深谷上面。——下山行驶。睡着了。从头上把帽子摘下。咯咯地笑。许多英国女人。那么多人在说"yes"，两个音重音在"e"上，常常是在两个不同的谈话中同时会响起两个

---

① 生丁：比法郎小的分币名称，100生丁合1法郎。

② 匹克威克：英国作家狄更斯（1812—1870）所著长篇小说《匹克威克外传》（1837）中的主人公。

"yes"的声音。每每说话都是以"yes"开始和结束。在德语中没有这样的词。也许因为我们只知道这个词？——我对英国十分反感。——在山下买水果。卡夫卡喜爱水果胜过一切。以非常有礼貌的方式为我剥去无花果的皮。

轮船在湖上航行。像格尔绍一样的既便宜又优美的小地方。以2000古尔登的年金人们就可以在这里生活。膳宿公寓连同房间5个法郎，常常是4个半法郎就行了——这就是昂贵的瑞士。

乘车出发去一个地方，凉风习习，舒服极了。圣沃尔夫冈。——

矿泉浴场以及它的旅馆，靠近卢塞恩湖。——上面是阿尔卑斯山旅馆。

鸟尔纳湖。弗吕埃伦。"明星"旅馆，它以它的洁净使我们心醉神迷。尽管有戈特哈德铁路的嘈杂声，我还是睡得很死、很香。——紧挨在一起的、高高的、黑黝黝的山岭在明亮的天际下已经披上了夜色。

8月29日，星期二

早晨在阳台上。我让我的休假的胃绷得紧紧的。——在弗吕埃伦散步，这地方被一个山坡分裂为两个部分。我们划时代的发现是"便宜"。——卡夫卡花40生丁买了一块很珍贵的石头。——回到火车站，正在说话时刚巧有一列路过的火车，因为我忘记带我的望远镜。我回去取。后来我们坐了一小时车子，利用闲暇时间来到湖滨浴场。我假托，乘火车通过游泳恢复精神可使我们缩短两个小时，——因为我们乘坐的是趟慢车要多走一小时，

145

这样我们还是获利一小时。——这一次我在湖里游泳了。——一对夫妻在两个毗连的更衣室里，没有什么色情。——对面山岩上的树木看上去就像苔藓。——卡夫卡说，救生圈是作为攀缘植物。人们至少在更衣室里看到布告，不要在湖中游泳。我们特别喜欢湖滨浴场边上的石块，很像里瓦^①。一个美好的想法，我的错误竟转化成好事。——渔家女用她们的屁股诱骗散步的人。

戈特哈德铁路上的美丽的火车车厢。真有一套，这些瑞士人！——冰川挨得非常近，犹如山崖边汹涌的波涛。——罗伊斯河，一条不太重要的、荒芜的河流。河水呈淡绿色。——一位匈牙利少女，卡夫卡非常喜欢她，以至于他称她为"匈牙利花朵"。她有噘起的嘴唇。——急转弯的隧道。人们感到惊奇，这是一条什么样的铁路还在运行，后来人们发现，这正是一条已经废弃的、奇特的线路。——在意大利的隧道里比在德国的隧道里更热，也更臭。——现在开始自然的、乱七八糟的生活。——大声叫喊成了习惯性的讲话。——有一个小孩名叫多洛勒斯。——挡雪的保护防卫设施。——瀑布，冷不防地从山岩上下来。——

这儿是在瑞士，不是真正的意大利。在奥地利通过反抗变得坚强有力，在这儿通过屈从融合起来。——因此这儿的姑娘打起招呼来是如此的热情，以至于事后还向你们摆动双手呢。——一种新的名叫迈斯特拉尼的巧克力糖。——在一处露天瀑布旁边有一处洞穴里落下的瀑布。——一家公司估计这儿有25000马力的

---

① 里瓦：意大利城市名，在加达湖的北边，也是一个疗养地。

发电量。——我们变得很疲劳了。——贝林佐纳①有三个城堡。
——可以观赏马乔列湖②和它的周围地区的风景。——穿过一条
隧道后惊奇地到达了卢加诺，那儿有我们租住的望景楼旅馆，接
着我们就进入浴室。

姑娘们顺着整条线路在看守人的小屋里值班，她们的手中拿
着红旗。

卢加诺没有里瓦那样美丽。火车站周围已经完全德意志化
了。然而意大利人住的街巷里有蔬菜集市。拱门连着拱廊。嘈杂
的钟楼大厅。新建的邮局。人们看到的是缺乏个性的华丽建筑。
沿着码头是宫殿般的旅馆。——卢加诺湖是绿色的。——

8月30日，星期三。膳宿公寓8个法郎。
上午浴场游泳。——下午从4点到晚上11点和卡夫卡一起坐
在一张桌子旁，用墨水笔写这些笔记，在湖边的花园里。
上午，卡夫卡关于外语学习手册改革的想法。
在花园里有大老鼠。

8月31日，星期四
轮船后面的波浪涌来时，浴场看上去似乎很平静，但是人在
摇晃。有些轻微的眩晕感觉。我好像躺在摇篮里似的。

---

① 贝林佐纳：瑞士提契诺州首府。
② 马乔列湖：位于瑞士和意大利之间的一个湖泊。

瓦尔特的旅馆的扩建以它的拱廊精巧地与旧有的舒适的建筑群结合起来。这似乎就是瑞士式的：保护陈旧的证明可靠的东西以及古老的感觉，而不是拆掉重建。

这里和意大利都没有变换风格的住宅。新的建筑材料对住宅改变不大。

码头边的姑娘的胸前抱着一个带有饰针的红色法兰绒软垫，这仿佛就像陈列窗里的装饰品进行展销。

帕尔马①风味的意大利面条

蔬菜牛肉

烤苹果

各式冷肉

沙拉

水果

街道上招牌像在里瓦的一样。

经由施陶法赫尔

古格里尔莫·退尔广场

许多禁令

电车轨道，淡蓝色

---

① 帕尔马：意大利省会城市，有许多名胜古迹和文化、工业设施。

148

卡斯塔格诺拉要美丽得多。蜥蜴。中型别墅。——

从卢加诺的午后炎热中人们来到卡斯塔格诺拉更加强烈的晚间炎热中。有半个小时。

石头作为木头的代用品。

从戈特哈德铁路线上我们看到用密密地竖起的、细长的、灰白色的花岗岩石板做成的栅栏围绕的场地。这有些像古老的犹太人的墓碑。

在那儿和在卡斯塔格诺拉都有直立的人行道木板，用以作为林荫小道上葡萄藤株的支架。人们知道这里石头像木片一样切成小块，看上去毫不费劲。——那些石头板。

像竹子一样的芦苇。印度。

通过经常不断地勤奋地记笔记，人们可积累起许多笔记。闭上眼睛。张开时总是又开始看到前面的东西。——如果人们有意保持原样，记笔记也许不至于会感到那么强烈的遗憾。（卡夫卡）。

卡萨拉特、卡斯塔格诺拉和甘德里亚都是卢加诺湖东岸的地方。它们长时间地沐浴在夕阳的余晖中。许多东西使我们回忆起里瓦。——在草地和断墙残壁之间也有一个浴场。——年轻人用两根摆荡的绳子在一个支撑起来的木架上烧着水壶。——

"洗脚确实是犹太人的习俗。"

带有棕榈树平台的豪华别墅空空荡荡。旅游季节还没有开始。人们也许把我们看作是今年第一批肺病疗养者。

卢加诺新建的房屋是十分糟糕的大杂烩建筑。北面的阳台建在意大利式的房屋正面的前边。窗户，从下半部分开始全都关着，就像在我们那儿的一样。

这是迄今为止旅游的最美好的时刻，在露天沐浴游泳，藏身在山中，心旷神怡。从码头围墙的废墟使人联想到罗马的坎帕格纳①。——轮船的波浪拍打着岸边的石块，那儿我在游泳时曾经坐过。

射击发出的爆炸声犹如远处的雷声。

9月1日，星期五
10点15分启程去波尔莱策。

又乘坐轮船二等舱。这是很清楚的，它的座位就像火车上的靠背座一样。

轮船甲板上炎热难当，开始刮来一阵舒服清凉的穿堂风，把热气都刮走了。

---

① 坎帕格纳（Campagna）：位于罗马的远郊，这里在19世纪末进行开发，有古罗马的墓碑和古代水利建筑等遗迹。

在四林州湖上我半是故意地打着呵欠，双倍地享受优质的空气。猛一下一股清风吸入我的心胸。

法国女人。真让人害怕！写入她的笔记本———个德国女人在照相，把题目记在照相机的赛璐珞感光板上（？）

很大的带有环状棚子的载重小船。①

——山上的一个村庄，自我封闭起来犹如一艘大船。

糟糕的早晨天气，但很快又晴朗起来了。——群山在阳光照耀下几乎成了淡绿色的尘埃。——数以百万计的大小树木，每棵都有自己的阴影。——

完全没带行李的旅程十分舒服

教堂钟楼上的钟

甘德里亚！一个小的阿尔及尔

海关人员，穿着尖头皮靴，裤腿插在里面，裤子上有着黄色

---

① 马克斯·勃罗德在这句话下面画有图样。

的镶边

房屋的拱廊就像面向四林州湖的大门，敞开着像存放小艇的船库。

未经加工的石块砌成的房屋，涂上白色的隔板，或者窗户，有一扇窗子开着。

在绿色的意大利柏后面有朱红色的别墅，镶着白色的窗户。

教会有各种颜色的纹章，不是很有规则，就像稀有的邮票。画好了的钟表面。

奥斯泰诺。

轮船逆风航行，非常舒服。——

在波尔莱策至梅那吉奥的铁路上，面对我们坐着一个男人。同他交谈很困难。他说话的重音令人费解。——

很喜欢到南方去，同时开始考虑到健康方面的原因。——难道这也是犹太民族主义性？

在拱形建筑物下向上攀登。

用一种外语呼喊比讲句子更难理解。

一个小孩在呼喊：ce？——去卡登纳比亚的道路，隧道。
——

卡尔罗塔别墅。

纸莎草——美人蕉——西番莲——紫藤——竹子——喜马拉雅雪松——伊莱桐，玉兰树——小蛋木——芦荟——智利人掌，就像摩洛哥羊各个不同城市的小圆克斯冬青栎——法国梧糕，床前小地毯，爱神棕榈——芭蕉树——仙皮做成的针垫——又像面包。

成熟的小公牛，像棕榈树干一样大——

桉树——阿兰卡里亚——

绿色的柠檬树，长得较矮小，在我们那儿都长得很标准。

蜥蜴：快速地蹿动，随后突然僵化在太阳下——从来没有慢吞吞的步伐。

两个长有深色眼睛的小孩："警察，妈妈。"——梅那吉奥的码头栈桥——米尔歇[①]式的丈夫。

---

① 亨利·米尔歇（1822—1861）：法国作家，擅长描写巴黎艺术家的生活。

玛尔斯和维纳斯，卡尔罗塔，形状像T。

大理石雕像，通过曲线可以看到树木的繁荣景象。

早晨飞来许多蜜蜂，它们在蜂蜜上漫步就像溜冰者一样，吸吮，干活干得累死，此时它们的腹部似乎快要脱离躯体，在身后拖着一根黏糊糊的蜂蜜丝——当它们吸取时，它们的腹部有节奏地颤动——是否人们也要这样全身心地热忱地工作呢？——它们并不随便刺人。

甘德里亚：木柴靠在高高的墙上，那些剥掉了皮的白色的树枝成堆成堆地放在一起。

同灰眼睛的意大利人谈话：错误的问话，但还常常重复着，就像进攻被击退一样。——"独立日庆祝活动是否也在科摩省举行？"他："这往往由各省决定，由——各省——决定。"①

晚上轮船停靠在湖湾里，像一艘战舰一样。

在卡登纳比亚所有的窗帘都是棕色的，并有白色的装饰镶边。——这是当地的风尚。

---

① 原文为意大利文。

每座别墅前靠街道的那一边都有一个平台，下面是小艇和浴场——一个这样的平台也是一个小型跳水台。

划手作为海员，戴着白蓝相间的水手领带。

露天游泳池里有许多白色小石子，对面是贝拉吉奥。——晚上在梅那吉奥逛了一圈——返回时经过卢加诺湖，海关快艇上的探照灯一直陪伴着我们，它的光线沿着岸边的道路照射到很远的地方。——在明亮的光柱下是淡绿色的湖水。——灯光交叉，近处地面变得十分清晰。

9月2日，星期六
卢加诺—巴黎巡遊
浪荡子

摩托艇：第一个印象是臭味。舵手坐在一张椅子上。——

蜥蜴的声响，它们在安宁中受到了干扰突然发出窸窣声，如果人们划根火柴，也会同样簌簌作响。假如它们蹲着，头就向上抬起，双腿分开，它们的胸膛颤动。心在跳动。

岸边的中天游泳池。——蜻蜓在我的皮肤上歇脚。——它们的飞行很像蜥蜴的疾行，快极了——有时也会发愣。——两只蜻蜓互相爱抚，其中一只不易觉察地飞在下面，另一只毫不害臊地

155

迎了上去——两只蜻蜓以同样的速度飞翔——停留。

爆破岩石的声响。

弄弯了的椭圆形的公司广告牌。

重又找回原始人的技巧。我们在多石的湖滩上建造美丽的平整的座椅，用又光又平的石块，也用大石块做成椅背和靠手。

然后我们坐在岩石中的灌木下面，双脚伸在水中，与周围的景物结下了不解之缘。——从旁边走过的旅客我们把他们当作意大利小伙子。

甘德里亚的平台。在游泳池经过4个半小时后，特别使人发困。

湖滨浴场：走来走去的人群，男人，奶牛，缠着黑头巾说着话的女人，衣服穿得松松垮垮的农妇。——

我们坐在下面，当然是看不见的，听到从上面街道传来的声音，看到在转弯处的人群，之后在我们的头顶上消失于矮树丛中。一个德国人在报道米兰的情况，四只带柄的啤酒杯，清凉饮料。——

有些炙热的阳光。

卡夫卡的忧虑，少不了言过其实。

关于脚趾美的谈话。在水下面它们的藻状活动。——

旅馆老板的孩子们，一个娇小的像母亲那样的女孩和一个更小的但很强壮的男孩。他们叫奥黛特和马塞尔。

在痛苦时卡夫卡说出这样的话："我的外貌怎么搞的！我就这样进入壮年时期。直到四十岁我看上去还像一个男孩，随后突然之间变成一个干瘦的老人。"

晚上在卢加诺散步。拱廊里小酒店前的桌子旁坐着一些捉摸不透的人，这些小酒店只是安装了巨大的落地玻璃窗才和林荫小道分隔开来，因此可以清楚地看到里面放置着成排的酒瓶。

9月3日，星期日
告别粉红色的公共游泳池，它在12点至2点关闭。

下午的旅游计划。通过改变计划可节省时间。

在游泳时读贺拉斯①的作品。

玻璃球里的蜡烛，配上黄色的或淡红色的玩具木偶小裙

---

①　贺拉斯（公元前65—公元前8），古罗马时期的重要诗人。

（灯罩）。

令人不安的大老鼠成双成对地在饭店的公用餐桌下面挤来挤去。客人们感到非常害怕。职工们的幽默。

照射在黑色湖湾里的灯光是金黄色的、绿色的，一束红黄色的灯光照在轮船的中央。——它们的光带如火箭一样，从湖底直射高空，划开波浪，在每个浪花上飘动着亮晶晶的星星，这星星不会落下。

轮船毫无顾忌地驶了进来，同光线纠缠在一起，又挣脱开来，这光带还紧紧跟随在后面——就像很有力气的仆役用他们的扫帚硬要把扯乱的线团一起拉出来或者扫出去一样。——就像凹面镜中的脸孔。

那位好客的旅馆老板把阅览室的灯照亮，如果有人来取报纸的话——他还吓唬他的孩子们从那儿离开，对于他们的争吵客人们感到高兴。

9月4日，星期一

早晨关于米兰霍乱的消息——旅行社——《科里勒》报道了来自佩扎罗、巴里、热那亚的消息（没有提"霍乱"这个名字）——《北德劳埃德报》———时间我们决定去巴黎，热情很高。巴黎的《埃克塞尔西奥报》。——然而卡夫卡说，他已全面考虑过了，我们不能仓促地改变预定的旅程——米兰胜利了——

我取回了我的已经停止走动的表，付款5.50。

这个地方比我们那儿要热得多。在平平常常温暖的下午，人们在咖啡馆里都愿意待在窗帘后面的阴凉地方，用匙吃着，那些漂亮的女士都不会把她们的扇子遗忘在房间里。

我们经过卢加诺的一个城区，那儿全由旅馆组成。很好，可是我们从未到过这里。

天堂乐园，一个充满广告宣传的名字。

瑞士的木造农舍旅馆。

1点05分从卢加诺启程去普尔托·塞雷西奥。

粉红加灰色的山崖阴影似乎轻浮在石头上面飘动，它们没有完全紧贴在石头上。

树木的阴影排列成长长的波浪线条在这儿或那儿出现，形成完全往下的斜坡，由此勾画出了山垄沟。

我的皮肤上的晒斑由于炎热再加上衣服的缘故感到发痒。

码头的地点都在斜坡上。——甘德里亚没有码头，因此看起来受到许多限制。

去教堂要往上走，经过呈"之"字形的倾斜的梯地。两旁是园圃或墓园。

米兰。

大教堂广场，一个黄色的电车车站。或者是一个旋转木马。他们围着中间核心部分转圈。

一匹有着怪异尾巴的马，菲托里奥·埃马努埃尔纪念像冲向云天，面对大教堂——这使得大教堂有些暗淡。

铺石路面上的咖啡馆前面的小圆桌子，公共椅子上的座位，零零星星地坐着一些外国人，在我们后面是巨大的玻璃，可以看到饭馆，那儿正准备着丰盛的午餐，孤寂的咖啡馆服务员有着光亮的黑色头发，站在白色的桌子之间，没有注意到我们。

椅子靠背是涂漆的金属制的，像儿童床似的，小广告：米其林车轮内胎，彼得盛装，埃克拉靴子——小布告牌上写着修理望远镜、疏通烟囱，等等，用的是一把螺丝杆（球状器械）——提台词人的隐蔽室用花色的织物蒙上，就像没有住人的宫殿里的家具一样。——剧院里的包厢——要省钱的话有"廉价"座位。——不易理解的语言，有人懂得了一个词，听众却笑了起来，实际上他还是没有懂得。——狂热的笑声夹杂着不加约束的掌声被更热忱的人通过响亮的"嘘"声压了下去。

穿着时髦礼服的先生们在开怀大笑，他们靠在包厢的胸墙上，钻石戒指在闪闪发光。

猜想电车的线路：普尔托·塞雷西奥/法雷泽/米兰诺。

技术的进步被罗马语族的人民理解为先辈们英雄行为的进展，在我们那儿被作为传统的断裂和对立面。

在这儿德国的影响是什么：啤酒大厅，法国长篇小说的展览橱窗，森林魔鬼的华尔兹舞（波尔卡舞）。

我不理解这些言语的意思，不理解单词，甚至不理解一个单独的音素。

长廊很漂亮，很高大；人们像惯常的那样放眼观赏，这就要操心帽檐，他会把墙壁当作街巷两边的房屋。只是在不自然的转动头部时人们才看到玻璃屋顶。——从同一个拱门正面出发，既有横向的拱廊，又有并行的街巷，令人眼花缭乱，这儿到处都是咖啡馆和娼妓。——简言之，长廊是特别引人注目的。

乘车去剧院：一座座华丽的建筑物很快在眼前闪过，这就是意大利，商店排空的布置使人回想起布拉格。

值得研究一下，为什么布拉格是这样的安静。——这儿在半夜1点钟左右还过着巴黎式的生活。

通过圣彼得罗区域①，这一地区只是由于娼妓数量之多而闻名于世。可是我们似乎觉得还可以。也许因为全世界的、各个民族的娼妓都有着同样的脸孔。——尽管如此：她们的源头很清楚是法国的。——服装比我们那儿的好，都是紧贴着身子的纱罗制成的透明服装。人们在一个穿粉红色衣服的妓女身上可以看到她的肚脐。紧固的衣服包着胸部和臀部。腹部在跳动。——一个穿黑色衣服的妓女，她穿着袒胸露肩的低领衫在漫步，仔细看着，就像比尔德斯利②画的插图那样，不：只是他的模仿者之一。——人们走上那不可缺少的楼梯，屋顶上和墙面上都有玻璃镜子，在最主要的那个房间里沿着三面墙壁有三张绿色丝绒长椅。已经都有人坐着。在人口处还挤满了人，他们向用木板隔开的小屋和昏暗的房间探望。男人们戴着帽子，认真地等待着，就像在火车站上或医生候诊室里等待一样。一位老人躺倒在长椅上。士兵们。——所有的人都只讲法语。——没有争吵，没有交流，不加掩饰地目不转睛地看着。——温馨的紫色。——人们总是在来来去去，这个房间似乎是街道的一部分。——紧张的朦胧的空气。电风扇，就像一个小型的闪闪发光的起电机，似乎只能转换一下空气而不能更新空气。——我们没有碰一个姑娘，一次也没有跟一个姑娘说话。——自从一个星期以来我没有刮胡子了。因为我乐意这样，在布拉格时也是如此。真遗憾。

---

① 原文为意大利文。

② 比尔德斯利（1872—1898）：英国画家，创造了装潢美观的线条风格，最著名的是为作家王尔德的独幕剧《莎乐美》（1893）画的插图。

整个晚上老想着她。我很高兴回家。

两个穿着时髦的先生在我们住的旅馆的接待厅里喝香槟酒时（用德语）讨论商务上的事情。

将在星期三到巴黎，浮士德的诅咒——在很大的歌剧院演出！这是确定无疑的。

冰镇咖啡——纱罗——冻得像石头

关于米兰的补遗：无足轻重的火车站，犹如布拉格的一样，不是十分重要的大城市之一。

行李间，高大，碎块砌成的墙壁，公职人员似乎对这件简单事情的复杂簿记不是很熟悉。

我们没有去北站而来到中央站，正如我们想好的。因此我们把迎向我们的街巷都弄错了，一个陌生城市本来就很难弄清楚的印象被弄得更加纷乱不堪。

我对霍乱非常害怕，——在一个报亭上买了"关于霍乱的书刊"①。走过"天主教修女会医院"。人们想到的是躺在这儿生病。——注意到河道里的水的质量。河水是墨绿色的，缓缓地在桥下流过。——水果和街道上果汁水的买卖引起阵阵恐惧。——房屋的大门入口通过栅栏向着庭院，同样，庭院向着后面闪亮的

----

① 原文为意大利文。

公园绿地也被隔离开来。——这也好，从火车站出发就这样慢慢悠悠地一边寻找一边穿越了这个陌生的城市。我们避免花时间在这偏远的地区特意去寻找一些名胜古迹，我们在走过这些名胜古迹时就像当地居民一样觉得无所谓。人们在事先考虑旅游时，定会想到不愉快的事。乘车进入城市，旅行者就这样停留在车窗边上。——车子通过曼佐尼·科尔索。——斯卡拉：著名的歌剧院中不引人注意的 座。人们想到的是作曲家和歌唱家的雄心壮志，从这儿产生的影响，以及恰恰是这座歌剧院的这种不起眼的几乎是阴沉沉的外貌，它看上去难以接受，无足轻重。这种有代表性的外貌兴许已经成了迎合观众的一种方式。甚至在这些作曲家的睡梦里都不得不艰难地掌握这座剧院的立面外表。

这家第一流旅馆的印象：昏暗的装有镜子的楼梯间；靠着屋顶天窗射进的一些光照在天花板上，甚至临近中午还像拂晓时一样，仿佛有一间卧室紧挨着早餐室，人们似乎看到了厚厚的灰尘从上面掉到了玻璃器皿上，不亲切的旅馆，没有窗户。——个穿着白色衣服的小伙子，另一个穿着绿色衣服。门房的翻领有着交叉的钥匙图案，犹如教皇国的纹章。包罗万象的办公室有着装有毛玻璃的各种服务窗口。——我们很高兴，住在二楼，因为我们不想用电梯。——语言杂乱。意大利语里夹杂着外国语言。——我用溶解的消毒水漱了口，用肥皂洗了手。——其出发点只是因为担心传染上疾病。

邮局：邮政窗口按照办事的内容分成六个部分，在我们那儿尽管人很多也只是两个窗口。邮局职员坐在座位上，就像在一个车厢里一样靠着；人们走到窗口，他就直起身来，没有露出什么表情，只是倾听。我想把我的邮件转寄一下。他给了一张邮件转托表格。我仔细阅读这张表格，回过头来细心地予以填写。他："没有关系，就一张纸。"我写好后，小心地将它抚平，然后把这张纸交给他。他将它放在斜面桌上，不再碰它了。我很担心，它会丢失，下一个来人会把它拿走；我在远处注视着。他看到了我，没有动弹，微微一笑，摸着下巴。最终我委托卡夫卡帮我继续注意。在过了较长时间后这张表格终于被取走了，它被交给了另一个职员。——另有一个人把我当作他的同行，和我谈起了假期和"许多工作"，通过窗口同我热情握手。

草垫子挂在鹰架上，阻挡阳光的灼热。——一间办公室，在这里人们可以订到火车票、戏剧票和游艺演出的入场券。突然电灯关了，7点钟，那些职员从我们身边蜂拥而出。——仔细阅读编制的外国式的行车时刻表。——可怕的夜晚：大汗淋淋，皮肤上的晒斑像小动物一样刺得我疼痛难熬，好不容易安静地躺了下来，突然一只蚊子叮了我一口。它是霍乱携带者。那本小册子上就是这样说的。我查阅到："莫斯卡"叫作苍蝇，蚊子叫作"赞扎拉"①——因此我希望——操持家务的用人早点把靴子拿来，并唤醒我。这床颤动，声音很响一直传至走廊上。难道就没有安静的房间了吗？——那些娼妓以很快的步伐走着，急如星火似的，在寻找着什么。然后她们突然停了下来，又循着原路回去。这种快速的骄傲的目标明确的步伐只是一种吸引人的手段，化妆品。——小手提包有着长长的绳子

---

① 意大利文：mosca（苍蝇），zanzara（蚊子）。

悬挂在肩上垂到下面，就像跳舞者的饰带——骷髅形的怪物。——空荡荡的长廊，这儿或那儿墙边有一些咖啡屋，深色玻璃窗把它们分隔开来，令人不寒而栗，就像一家很糟糕的夜总会。——在妓院里：这儿法语不公正地占据了一种主导地位，就像在布拉格德语的位置一样。不过在布拉格是那些先生们，而在这儿是那些姑娘们，以这样的方式引起对妇女的礼貌。

9月5日，星期二　休假期，最困难的事是找办公室联系事情。经过许多周折总算有时间来到大教堂。——进去就有巨大的印象，空空荡荡的、宽广的地面上有许多柱子（卡夫卡说：导游者可以带四万人进来），只是在前面，几乎觉察不到，从最后的几根柱子通向圣坛的右侧有许多排长椅。——早晨卡夫卡用凡士林替我涂擦。"这样贵只能在美国生产。"——然后我坐在他的床上，他也蹲在这里。我们相互安慰。——晚上我有个计划，8点钟乘车，卡夫卡要去取钱，他随后来。互相让步：改为下午3点。——肚子痛。可是之后解的是硬的大便，这是自我暗示。

去克雷迪托·意大利阿诺。我被引进一间沙龙。弯曲的写字台，就像用圆规画成的一个弯角。俱乐部里专用的高级圈椅。木头镜框里的统治者肖像。长久的等待，仿佛派人去请警察。这时信赖似乎是不可捉摸的。礼貌就像一个陷阱。那些公职人员好几次出出进进。另有一个职员在桌子里找来找去，取钱。此时我很害怕，他过后兴许会对我产生怀疑（只有我一个人同他在一起），他记住了他的异乎寻常的、黄色的、湿湿的、从额头掠开的头发，软弱无力的步态。

在科克那儿，职员的不友好的，甚至敌视德国的举止。当我

166

用20德拉赫马①硬币给他时，他以何等的蔑视给我一个20法郎的硬币（当然不公平）。——放在巨大的玻璃长餐桌上的饮料使我感到兴奋，它就在酒吧间人口处的两边，价目一清二楚，有两个守卫人惊奇地注意着，我们对此进行了仔细研究。米兰的守卫人戴着用布蒙上的消防队安全帽，黑色的手套，拿着没有多大用处的（被烟子弄脏的）小棍子。一个独臂人，穿得像乞丐似的，口中吹着信号哨子。因为我们对米兰不熟悉，我们相信，在各种不同的地方都会看到他出现。——勉强地登上了大教堂的屋顶。

在火车站上紧张不安地给旅馆打电话。通话室前的大厅地面已经裂开了。放在耳朵上的木制的勺斗代替了耳机，仿佛人们要把什么东西倒进耳朵里去似的。一个勤杂工，他回答我的问题（已把小费放在他的手上）非常友好礼貌，频频点头"也许可能"。②他不断地按铃"马上，小姐③"。与一位旅馆职员的意大利式的可怕电话交谈。——炽热的火车站。虽然我们已经完全做好了去巴黎的准备，可是友好的、开放的拉戈·马季奥雷的景象诱使我们在施特莱萨下车。做出决定的这一瞬间，所有的疲劳全都消除了。我们确实是累极了。——在车厢里：冷静的意大利人和他那热恋着他的妻子。她把头靠向他的头，这样她和他的两个面颊就可以贴在一起。

品尝一段插曲：胡子拉碴和疲惫不堪。

---

① 德拉赫马（Drachme）：一种希腊钱币。
② 原文为意大利文。
③ 原文为意大利文。

施特莱萨，这里的一切都很美。被水环抱："我们两人的手臂——严重考验——总算好啦——。"沙地。细细的芦苇，就像街道前面的一阵小雨，飘飘洒洒。看得很清楚，但从外面看不见。——坚固结实的刮胡子刀。剧烈的运动，然后是轻柔的偎依。——很有礼貌。因为他把我放在大理石餐桌上的眼镜挪到了边上，把他的小瓶子推到了更远的地方。——可移动的管风琴钢琴——服务员，理想。——以及食物，与卢加诺的比较。

9月6日，星期三。上午洗澡。指责别人。用绝招来处理卡夫卡的已经损坏的靴子。他对我很生气，下午请求原谅。——下午洗澡。写些东西。晚上散步。

蕾吉娜宫殿旅馆：在每个包厢上方有一盏灯（剧院包厢）。由于人们通常看到从窗户里发出光芒的这种灯只是白色的墙壁，无人居住，受到照射，所以这家旅馆给人以无人居住的印象。火灾。——这么多排的灯照射什么呢？照亮自己的房间，但如果有人愿意黑暗呢。本来就没有什么东西。因此这和张灯结彩差不多。——即使在大白天我们在旁边走过也看见枝形吊灯亮着。由此可见确实只是出于自以为了不起。——从室内传出弦乐声。华尔兹舞曲。我不想住在这里了，真的，外面的印象是那样的诱人。人们通过玻璃窗看到那边黑暗的花园（在花园里模模糊糊地隐藏着一组一组的人在愉快地闲聊），一间铺有红色地毯的明亮的沙龙，电梯在有棱角的玻璃柱子之间上上下下。街道这边的花园靠近湖边，种有棕榈树，显得非常昏暗。在这美好的夜晚房间是为了通奸和诱奸。——不远处是伊莱斯·博尔罗梅旅馆。看上去比蕾吉娜宫殿旅馆稍微早建几年，商场竞争。它的房屋外表没有什么灯光，在内部明亮的窗户里照射出一些自然的亮光。当然出于竞争，这对双倍感到伤心的蕾吉娜宫殿旅馆的用彩灯串成的房屋外表是必要的，现在似乎清楚了。同时这大概也是为了招引湖对面的那些后来的旅客。——这些漂亮的旅馆的外貌：按照巴韦诺的风格出奇制胜。无法接受的观点，两个描写得非常详细的旅馆要比走马观花二十个旅馆获得更多的印象。——然后是夜晚的时髦风尚。——在伊莱斯·博尔罗梅的房屋正面的另一边，公园的幽暗隐藏着风流浪漫。如此植物学的夜晚在无机的夜色中虚弱乏力地使情绪沮丧，而和平安宁总是展开在墙壁的上面。——玻璃的屋顶平台巨大而又明亮，一个豪华的笼子，也使人想起精致的镀镍玻璃箱——里面有一组人围在一张桌子旁，穿着男式黑礼服的一些点缀人物，各种各样的耸人听闻的帽子，各种不同年龄的女士，真是一组时髦的群像。——个摩登的女士离开他们到了一边。也许在竞争中被击败了，遭到流言蜚语，对另外那些人很生气。——

两座德国私人别墅，只是在楼房底层照亮了前厅，上面有一个阳台。这里的别墅都建造得很高，因为树木长得十分高大。卡夫卡说："在我们那里只是在树林深处才建造这样高的别墅。"巨大的桃树。

一位身材高大漂亮的穿白色衣服的英国女人，科利舍尔太太的走路姿势，由不引人注意的瘦弱女子（穿着白色的紧腰身上衣，黑色的裙子）陪伴着，后者像一个窃听者。——她派遣这个陪同者去下一个发电报的地方，打听是否可以发报。这里是不是人地生疏。然而并不生疏。后来她向有阳台的那个房间呼叫。一位先生在上面，英国人。是啊，这些印度的占领者。

林荫道的尽头有一个疾病保险机构，三个小尖塔，林荫大道被白炽灯泡照得通明。这里是施特莱萨的特殊地区。我们未敢进入，它是那样的空荡。出于节制的原因。

共同著作的计划。

我们曾在卢加诺逗留，只是出于对我们美好的回忆和幻想的怀疑。我们把里瓦视为幻想。可是这儿林荫道散发的香味就像在里瓦从湖那边飘来的香味一样。在卢加诺，林荫道散发出臭气，而湖水中则有灭蟑螂的药粉味。——这里的旅馆真可以与卢塞恩的相比！卢塞恩和卢加诺都有着永久的镰刀形湖滩。这儿人们沿着湖滩行走，那儿则到了尽头好像只有一半而已。

9月7日，星期四。在白色的威尼斯游艇的划手面前有些害怕。面对博尔罗梅群岛①游泳。在这座别墅前②——有着绿色的草地底座：

在石块之间有一种小蜥蜴。禁止追逐。③
         • • • •

所见的景象使我们非常信赖，因为我们这两天在施特莱萨无非是看到我们的旅馆和通向湖滨浴场的道路。——决定不去游览

---

① 博尔罗梅群岛：由四个岛屿组成，在拉戈·马季奥雷地区，处于施特莱萨和帕兰扎之间，岛上有城堡和园林设施。此群岛以博尔罗梅家族命名。

② 这句话的下面画有这座别墅的铅笔素描。见下页。

③ 原文为意大利文。

博尔罗梅群岛。——世界地区的不确定性，因为施特莱萨尽管湖水北——南走向看上去流向北面，进入一个湖湾——帕兰扎朝向南面。——通往旅行社的路要越过蓝色的湖，北面方向（湖的主要方向）是远处的群山。人们看到这灰褐色山峦的山脚，海岸，不，只是看不清楚的白色条状物，因此也就是群山的山坡，朝向

上面更加清晰，不是从湖上耸立出去，而是倾斜下来，似乎是在上面平缓地开槽。

许多苍蝇。它们靠什么生存？它们在我的皮肤上能得到什么？

因疼痛而叫喊起来[①]

枕头就像平平的、长长的长条面包一样。

5点15分从施特莱萨启程。在火车站等了很长时间，勉强挤进车厢。

不友好的售票员，他没有完全把门打开。火车已经从这个无足轻重的车站启动了。——

行李在过道里。而且对我们来说没有座位。一位束胸的老年贵夫人在给自己扑粉，从远处给人深刻的印象。

瑞士的售票员忍受不了过道中的行李。上百次地问道，这是谁的。他指着立在一起的我们的两只箱子。因为只有其中的一个是我的，我说："不是我的。"——严格对待公众，然而这种严格在公众没有得到帮助的情况下是不可行的。——一个英国人和他的妹妹，或者是妻子。虽然很明显是在归途中，他们的车票是从瑞士到第厄普[②]，细细地看着她——天刚破晓时挖鼻孔，几乎还没有苏醒。——他轻轻地叫醒她，体贴入微：贝蒂。——她的

---

① 原文为意大利文。

② 第厄普：濒临英吉利海峡的法国港口城市，在勒阿弗尔的东北面，有轮渡去英国。

套头衫像他的箱子一样同一种绿色。——这两人很相似——夜间1点研究铁道规章。——

两个身材矮小的米兰女人，至多是小姑娘，梳着成人的发型，并且妆扮了一下，这从短裙子下面的胖胖的孩子腿可以看出，大约十四岁。——必须把她们的帽盒拿到另一个车厢里。——早晨，喷水池，她们似乎又在过道里，梳理得很糟，睡眠不足，但是很愉快。——

沿着铁路线有很多巨大的广告牌，用桩支撑着，它们竖立在田野里，周围生长着庄稼，因此这就成了排桩——或者倚靠在一棵树上。——使人感觉到离巴黎近了。

这不是德国的森林。——纯粹是阔叶树。杨树。——有些女人气。

在克扎达地方从男厕所可眺望到巴黎的景色：也就是说，在古老的，并不时髦的，然而却是非常雄伟壮丽的房屋之间，有许多年代久远的美丽的树木。

黑色的铁制阳台。

到达巴黎：早晨7点半而不是7点。

9月8日，星期五：圣玛丽旅馆——邮局——比亚咖啡馆——林荫大道——香榭丽舍大街，大使餐馆①和咖啡音乐会。——色

---

① 这家餐馆下文多次提到，简称大使餐馆。

彩缤纷的公司广告牌——非常重要的有影响的公司没有写上姓氏前面的名字，如扬森——橱窗的木质镶边，雕刻精致，还镀上了金色——卡门

带苦涩的饮料加上石榴糖水和苏打水。

男女性爱虚弱无力——
马上刺激8个法郎
比较适度5个法郎
允许共和政体的江湖郎中治疗法。

在我们那里惩罚在于，警察迅速赶来——而这里，人们必须寻找警察，并且长时间地等待他们。
菲利普面包房的送货三轮车。
来自最近的村庄的帮助——在公路上。
从路上排除障碍。
卷纸烟。

香门大街——长、窄、高，以至于虽然是明朗的中午时光在另一排墙上仍是阴影——前面是深色的交通车辆，从街旁小巷里开出来的充满阳光的车辆排在十字路口的末尾——蓝色的天空后面呈现出灰色，好像已经困倦了似的。

巴黎的咖啡馆，帕亚尔①——犹如女士蒙着面纱。

---

① 帕亚尔（Paillard）：人名。

星期日的展览品，带有汽车的房间（哈钦森[①]）

卢伏瓦广场，那里人们可以用餐。

邮政总局的邮箱就像忏悔室一样

逗留巴黎的概况

9月8日，星期五。7点钟到达——旅馆——邮局——林荫大道——遗憾的是，没有进入大厅——香榭丽舍大街——大使餐馆——喜剧院的现代化建筑——里弗里大街上的杜瓦尔饭馆——下午睡觉——黑暗中洗澡——卡门——那儿喝咖啡——对我来说很糟糕。肚子痛！

9月9日，星期六。睡到11点——在亮光中洗澡——阿里斯蒂德连锁餐馆——罗浮宫——5点至7点睡觉——买《菲德拉》的票——喜剧院——里舍咖啡馆——汉诺威大街。

9月10日，星期日。罗浮宫——阿里斯蒂德连锁餐馆——睡觉——布洛涅森林。环湖一周。乘公共汽车返回。——杜瓦尔饭

---

① 哈钦森（Hutchinson）：美国堪萨斯州中南部城市名，一年一度在此举办商品展览会。

馆——帕泰①电影院。

9月11日，星期一。事故——香门大街——柯克——夏杰尔
——挺讨厌的——雨果·科雷兹

大都会旅馆

好孩子大街

香榭丽舍大街——可以被指挥的——大使餐馆——"男人是
野蛮的，女人是妓女。一切为了钱"。——林荫大道——两个骗
子——《晨报》

9月12日，星期二。凡尔赛宫——从塞弗勒②来的轮船——热
水澡——8点上床

9月13日，星期三。雨果——春天商店——莫贝尔饭馆——
卡夫卡又感到不舒服——犹太女冒险家

到达里昂火车站，起初与东车站搞混了，它比东车站要大
得多。

这里有出租计程车的公司，因为所有的出租车在东车站都等

----

① 夏尔·帕泰（1863—？）：法国电影业先驱，1896年建立电
影公司，1900年摄制出世界上最早的故事片之一。这里指以他名字命
名的电影院。

② 塞弗勒：巴黎西南郊区的一个地名。

待着德国人。

一笔小交易，标签上的字样：100000件衬衫——开一家分店?

漂亮的女用人

加农饭馆咖啡馆，巴士底广场，入口处有一尊巨大的瑞典加农炮。旁边有一间小酒吧，取了同样的名字（加农酒吧），似乎从装饰中得到好处。——邻近还有展览品。

卡夫卡说："现在要加快一点儿。我们在巴黎只有五天。——只能蜻蜓点水般地看一下。"我同意，抓紧走上楼去，他用肥皂和毛巾擦洗，把尽可能有的化妆品从箱子中取出，后来又把所有的东西收拾好，但是没有上楼。我连箱子都没有打开。

旅馆节省地方。薄薄的墙壁。走廊里有许多蹭脚的垫子。假如有人移动其中的一个，它就该放在另一个房间里。

总是在工作的旅馆老板儿子。——作为寡妇的继承人，等等。况且寡妇在许多企业里就像是荣誉称号。——兄弟。"陪陪我。"他不愿意。——可是，可是他不愿意，自己跑出去了。

喷水的动物

旅馆风景明信片

钥匙孔旁边的门把手——保持联系

装有抽水马桶的厕所有各种各样的灵敏性——别把花扔掉。

系着女仆围裙的男人们

收拾床铺的方式。

许多现代化的设备（冷气——暖气）安装在一座半是失修的
房子里真是罗马风格（负荷过重）——搪瓷器皿，裱糊纸——
　卡夫卡的希望

不可理解的房屋建筑。绳子，旁边是横梁。绳梯，从悬空脚
手架上攀着绳子下来——有一个男人拿着小棍子不顾警戒牌——
爬上阳台——旁观者。

新的照明效果

帕泰电影院①：克鲁莫勒

————————

① 帕泰电影院：下面记述的是电影中看到的一些事物。

178

尼克·温特
祖父

新西兰——冰岛渔民，摇摇晃晃地走着——迅速进展的电影中的傀儡动作——姑娘们，小歌剧里的军队——自由——圆柱——没有特别好的音乐，不感到疲劳——时装模特儿——哨兵仅仅表示军备——电——威廉皇帝在什切青、色当，法国的航空业，流行式样，土伦①，摩洛哥葬礼——第三年。所有一切比我们那儿有趣。

拿破仑·波拿巴的辉煌正是由于法国。面对领导者的谦卑——

宣告的东西就像帕泰所安排的那样。

描述，塞尔维亚国王彼得（下一位到巴黎的客人）如何同部长们谈话。——简言之——

不知所措的士兵

木樨草般的制服

里弗里大街上的拱廊延伸有一公里远，每个拱都有类似有罩的挂灯那样的照明灯光。这时有一辆公共汽车路过这里驶往远郊，以它的巨大身躯把一些灯光遮盖住了，不一会儿又显露出

---

① 土伦：濒临地中海的法国重要军港。

来了，它们与水面上的灯光相似，一阵微风吹来这水面就一动一
动的。

大使餐馆

您这样坐得不舒服

舞台上帷幕前有一个人在演奏序曲。

指挥旁边是乐队

很有历史意义的一长串灯①

钞票——

给予——格拉蒙电影公司的法则——法

凡尔赛宫

通过弗拉戈奈尔②先生的绘画作品

（暂时从罗浮宫砌出来的）

---

① 这句话的下边画有舞台和一长串灯。

② 弗拉戈奈尔（1732—1806）：法国画家，洛珂珂时代很有才智
的画家之一。

夺取，战斗，围城——尼曼格
被偷走一些东西

平原上战线前面的大炮

从容不迫的统帅在最前面——伸展出来的统帅权杖——
伸出手臂高高举起从头上取下的帽子。

在围攻时前景中也有农妇的身影。
路易十六向穷人发放救援物品，1788年冬

路易十六向德·拉·贝鲁兹先生发出指令，要在1788年6月29
日周游世界。

巨大的地图在他们中间，从远处看海员的目光盯着国王的手
指，他拿着地图——只是看着国王的手，而不是看地图——路易
十八穿着长裤站在那儿。

1806年1月1日参议院接受在奥地利战役中获得的旗帜。
重炮轰击维也纳
我感到心痛。

结晶的树木[1]

拿破仑给部队颁发雄鹰勋章。

路易十四的清静的卧室

在林荫大道上的安全岛上有一块椭圆形
的沥青搁在那儿[2]

在一个房间里有一只白色的母鸡，塞
满了各种东西

单个吃草的马以及它那腿的姿势[3]

躺下，前进

街道上蓝色的广告牌白色的字体

塞纳河上的轮船上巴洛克式的阳台

这个法国人，他同我们在一起时总是生气——已经喝了不少
混合饮料。

---

[1][2][3] 这行字的右面画有图形。

柠檬糖水

费尔内·布兰卡，呸

带苦涩的饮料，石榴糖水加苏打水

红白色的国际象棋棋盘

在你可爱的小嘴上亲吻一千次问你好

不是为了做爱是为了在你怀中睡觉

在春天百货商店里（电灯泡之类）就像德国商号里的剩余物资一样。

当我从法国来到德国时，我感到德意志的和家乡的味道——在说第一句捷克语时，德意志民族特性的感觉油然升起，德意志的和家乡的——爱国主义埋藏在我们心中真是颇不寻常。

犹太女人在读乌尔·施泰因出版的书，她用锡纸作为阅读的标记——随后《西木卜里其西木斯》①一书里就汇集了许多——很好，也很方便。

加布里尔：难看的脑袋，光亮的红褐肤色，活泼可爱。

---

① 《西木卜里其西木斯》：一译《痴儿西木传》，系17世纪德国巴洛克小说或流浪汉小说代表作，被称为欧洲巴洛克小说之冠，作者是格里美尔豪森。

在意大利干净整洁如同卖弄风情——施特莱萨的邮局

巴黎的女士们都有共同的美，就像我们那儿的美国先生们一样——淡而无味

去吧兄弟们
. . . . .

巴黎——它在各个方面远远超过其他大城市，堪称典范。

例如路灯杆，穿街通道。

那儿所有的一切都充满了古色古香的现实意义。感觉：人们怎样能够在这样长的时间内进行实际享受，例如塞纳河上轮船——

这名男子叫蓬通尼尔，他的一生是在码头栈桥上度过的。
. . . .

另一些人在巴黎地下铁道的窗口——扔10生丁在右边进入，扔5生丁在左边进入。

加布里尔·施特恩从维也纳来，早先曾在布拉格，二十一岁。在布拉格时也充满了希望。穿着领口开得很低的、深色的丝绒女服，已经很旧，并且有污点。——我稍微站近窗子。她："我也说德语。"——谈到了旅行目的和从哪儿来。我谈了关于霍乱的情况。她："死前是那么可怕吗？为什么？怎么活着呢？"——就这样她把自己当作老一套的、探讨哲学问题的犹太女人。肤浅的道德说教是典型。——"梦想是美丽的，但成长是

184

可怕的。"——一个英国人，名叫约翰，把她从玛利安巴德①带到这里。在巴黎八天。"他总是把我看作成年女子：这使我对他产生良好的印象。"——给我看了旅店的账单。滔滔不绝地讲。房间每天15法郎。她查看了一下："至于早餐，3法郎。非常昂贵。"——今天他与她告别了。这位小妹情绪很坏。已经订好了伦敦塞梭旅馆的房间。然而她没有去。——"您明白这事吗？离目的地这样近！可是又落空了。我总是擦肩而过。"——这位小妹又感到如此高兴，因为他很会照顾女子。其他则没有什么。这样说来真是受宠。——我感到这很卑鄙，好像他们榨取了这个犹太女人，而现在扔掉了。——她看上去很糟糕。这时我对她说，往自己脸上搽些粉。然后我帮她脱去紧身衣服。她在厕所里把一切都料理妥当。——她的行李已先期送走了。我不相信。可是她有单据。很有可能他对此做了这样的安排，出于妒忌。——她买了三等车厢的票而不是二等车厢。这样她还留有一些钱。为此她很高兴。——这花费了她不少钱。（库宾说：如果向一个百万富翁赠送钱财，那他一定还要更多的钱。额外支出。）为什么他没有给我500法郎。——我是这样一个傻瓜，兴许我要眈在巴黎了。作为女教育工作者去伦敦。或者在马克西姆跳舞，那儿我倒是挺满意的。与一位夫人跳舞。——您会跳舞吗？只是转扭臀部，这很容易，美丽的身材。噢，约翰！他总是这样说：美丽的加布里尔。——为什么我总是谈到他呢？您给我也讲点什么。——这时我在两根铁扦前面拥抱了她：非常规矩，一点儿也不可

---

① 玛利安巴德：欧洲著名浴坊，位于捷克波希米亚境内。

笑。在人们面前约翰总是如此的冷静。这是件美事。兴许他不是英国人，我不想跟随他。他要同我结婚，他说，兴许他并不知道，我已经亲吻过别人。——我对他说：至于您，您可以亲吻另外的人——令人感动的，老一套的论据——如果我现在回到维也纳，那所有的一切将完全是另外一回事了！我以耐心和爱心尝试着这件事情。没有什么进展。现在则毫无顾忌了。母亲以为，我还在布拉格亲戚家里呢。没有从巴黎写过信。——可怜的母亲，她将会责骂，但她并不正确。十八岁我开始独立了。——欢乐，调皮，如此等等。——别给我写！——他说，他不给他所爱的姑娘任何东西。真实际。怎么一回事？——然而我曾为他花费了1000法郎，她计算出来感到很满意。——接着她又说，她爱他！——商量写信的事情。她想写信：写给约翰！！！——我非常冷漠地劝告。

他十分嫉妒。第一晚在巴黎。在马克西姆：您给姐夫一个吻吧。我照着做了。他却愤怒了。夜晚的情景。我：我只是照着做了，因为您下的命令。——他在我的身边：爱一个犹太女人真是倒霉。恨犹太人、德国人、女人。——后来她来到他的门边。"假如您不开门，我不得不告知您的姐姐。"——另有一次："假如您愿意，我就立刻离开这个房间。"这样一来我使他头脑冷静了下来。好，那怎么办呢？——在红磨坊①的情景。与娼妓调情。她们走到姐夫那里，他买了50法郎的鲜花。她们看了一眼，知道，她们该往何处。兴许我该找这样一个男人，以姐夫来

----

① 红磨坊：巴黎有歌舞表演的餐馆，在蒙马特尔高地。

代替他！——他有三个孩子和妻子在一起。也就是说一个完整的家庭。——约翰真有些疯了。——

玛利安巴德的一位年迈的乐队队长。他年纪这样大可是想要我。——没有人为我做些什么。所有的人只是想要我，他们想要抚摩、亲热——因为妻子睡了："当然您可以充分加以利用。"——您编造出什么埃及的东西、希腊的东西、跳舞——

她躺在这里，我睡在另一张长椅上——她并不中我的意——我想：女儿。

告别。她叫醒我。斯图加特。"约我写信"——我的披肩作为她的枕头。

"您不必走路了。——您叫出租车吧——"让我等了四个小时。从他那儿学到窍门，因此我没有外出。——一种女奴。——我：您对这些满意吗？"求您了，我已经是依赖他了。"

一位王子的提议，通过黑人，他在旅馆中端咖啡："不可能。"——我兴许在那儿还得停留一天。我是这样傻。在巴黎逗留一天：您理解这点吗？难道我十分古怪吗？——真是这样傻。——

这就像一部长篇小说！她时常这样说。很自豪。所有的女朋友都羡慕我。可是我想死。——我对约翰说：正因为我认识其他一些男人，所以我会对你忠诚的。其他的女人都很好奇。而我对他是忠诚的。

正如所有犹太女人一样——在花天酒地的情况下，没有轻浮的举动，注意婚姻状况。

她想与我一起在慕尼黑逗留——我在斯图加特——可是这些

较小的首府看来在骗子的百科词典中没有出现。"我能给她些什么?"这样的感觉阻碍了我。

她像被洗劫似的出现在我的面前,因此我应该接待她一个晚上。——我是犹太民族:她想要接受洗礼。

巴黎:

杜瓦尔饭馆的玻璃镜框。

9月8日。在邮局里:没有窗口,而且犹如一条长长的无止境的柜台,在柜台后面不可能有邮局职员隐藏起来或者偷懒。都是紧挨着在一起工作。

钢笔在纸上沙沙地响,发出的声音犹如打呵欠。

比亚咖啡馆:酒吧间的柜台呈椭圆形关上了门,以至于看上去像一只小船的内部,其中还包括一个房间,一个男人,穿着衬衫,一个女人,来来回回地走着。好像是一对夫妻,这对夫妻像在自己家里一样,正在进行复杂的,有时候是难以理解的安排,可是十分和蔼可亲,准备接待客人。令人费解的是高高的铜制的烧水壶,这壶正烧着呢。冷的咖啡,假如有人需要咖啡,就从一个简朴的瓶子里面倒出来。——新鲜纯正的咖啡很快就烧热了。两个盛有新月状小面包的篮子,还有黄色的、像蛋糕一样的小圆面包。新月状小面包名叫羊角面包——还是回到船上吧:代替方向盘的是内部安装的收款台以及存放硬币的盒子,然后围绕着的是饮料瓶子(所有的一切在外面看都模糊不清),它们的存货似乎是不可估量的。

——有一个通风的大厅（通风的大厅——通道），那儿所有的东西都比较贵。——值得注意的是，所有这些地方多么相似，并且很快都能到达，尽管它们有着各不相同的房屋和房间。一忽儿入口设在两边或者在街道拐角处，一忽儿又在林荫大道的后面，一忽儿又在公共汽车站旁。即使这样，当人们跨进去时，都会与巴黎所有其他的比亚咖啡馆联系起来。——

这种一律化显示出世界著名大城市：梅特罗，杜瓦尔饭馆，轮船，林荫大道，厕所，里弗里大街上的房屋。人们想：这儿所有的东西都很伟大，一切合情合理，所有一切对我或对你都十分体贴——那样的舒适和诱人，看来在这一瞬间既吸引了你也吸引了我。——当我有一次在布拉格看到了一个栅栏，这栅栏面对一个调车场与一条街隔离开来，我来到了一个到那时为止不熟悉的地区，我们沿着这个栅栏走了一会儿，但是不久栅栏就中断了，出现了墙壁，我对T.①说：你看，这就是巴黎和布拉格的区别，在巴黎这个栅栏兴许有十公里长，人们兴许订购了上百万根完全相同的这样的栅栏杆。——

在比亚咖啡馆：外面像做广告似的10生丁一杯咖啡——然而真正花费却是15生丁，至于饭前饮用的开胃酒根据各个票证而定。——

作为舒适的设备提供了抽水厕所②和电话，以及姓名地

---

① T.：马克斯·勃罗德的妻子埃尔莎·陶西希（Elsa-Taussig）。
② 原文为英文（Water-Closet）。

189

址录。

　　人们也可以把咖啡端到一张小桌上，有糖碟和小匙，这儿是专为自主的咖啡店客人设置的。——就在这样一张小桌旁我阅读了《菲德拉》。——喝着冷咖啡我使自己平静下来。这时我才看到，这一小杯是多么的少啊，假如喝热咖啡，一小口一小口地喝慢慢才会喝完。

　　有一次非常炎热喝了冰冷的黑咖啡，那味道十分令人恶心！就像杀人的毒液，但是它要微弱得多。这样的情况是真实的。

　　比亚咖啡馆的广告牌从它开业时就有了，不论在哪个地方在一块宽厚的木板上还能见到：有权势者饮咖啡——一位黑人酋长说：他作为黑人当然理解黑色，可是没有更好的了——国王阿尔丰斯摇晃着他的孩子说：我这样做无非是为了——爱德华，莱奥波德，我们的皇帝——所有的人都是从嘴里说出言语。

　　这都是从巴黎获得的国际性的感觉。人们用外国人的钦佩如同用首饰来装扮自己，外国人感觉到尊敬，巴黎有趣的附属品——从来没有以自己的心灵作为独立的有趣的本质——犹如我们德国人所做的那样——我们在柏林甚至把狮子关进真正有非洲风格的笼子里，把大象关在印度式的宫殿里。——在巴黎一所房屋，周围是狮笼，中间是搪瓷金属片制品，一些陈列橱窗，巧克力自动售货机。——在这旁边那儿的猛兽会感觉舒服——正如我们在巴黎看到的那样。——在一出歌舞剧中我看到了欧洲的有权势者，他们都由小孩扮演，有大胡子的侏儒。外国人在这里很逗人发笑。英国人、俄国人、美国人都彬彬有礼，他们都是顾客，会迎面带来很好的生意。

这儿的书店里外国文学作品是如此的稀少。

翻阅浏览。

他们容许这样，因为从读者方面来说这是相应的迎合，那些通过翻阅已经有些损坏的书本仍可作为新的购买。

在码头上：黑色的木箱放在码头厚厚的石板上，用长长的铁杆一起连住，这是星期天。——工作日：所有的盖都打开了，做好了准备，许多旧杂志的古老的（同样有销路的）插图本、铜版画都给裱糊好了——各种书籍按照价钱排列在一起。人们能够通过现存的东西激起一种愿望，可是现存的愿望并不使人满足。——因为这位年老的夫人马上开始翻来找去，因为我们需要《菲德拉》。——另外有一位夫人立刻说，眼睛没有离开她手中的活儿："没有。"

有一个人在罗浮宫硬要我用50生丁买一本小册子，这小册子还没有打开过，在盖子下面。这样一些事是"巴黎的坏习惯"。我很好奇，然而也令人生疑。有一些事我予以拒绝。事后我想：怎么会有那么多生意，这种事能不令人眩晕。——在书的扉页上一个半裸的女人，人们看到背部，往下垂落的衬衫，侧面袒露的胸部，靠在房间的墙上，保持这样的姿势（也许软弱无力），她转过脸来向我微笑。——我问道，就我而言是对他人的高声的废话："里面也是插图？"——他回答：当然喽，因此只可以合上书本卖，请揭开来吧，与此同时他把两个手指伸进书本——我把它买了下来：里面是用八种语言写的普通的、非常简明的、已经过时了的导游，图像有：歌剧院，凯旋门，等等——最后是一些跳舞场所，早就众所周知的了，还有一些更进一步的指导，包括我们的旅行社，大街，等等。

这本书就放在我的房间里，我非常愤怒，总不能排除此事，我在服务员面前也感到惭愧，把它扔来扔去——最后在收拾行李时有意把它留在那儿——因为我相信由于它的内容贫乏应该享有的结果。——直至现在我还不知道这本书的扉页的意思。至于里面有些什么东西，确实是可以想象的，一定非常有趣，我很遗憾。今后不会再有这样的事了。

整个巴黎就这样伴随着我。

在现代化的居民新村，在售票处也有用纸板做的小型的剧院模型——一个可作为榜样的设施。

举一个有益的玩具为例，有那么多巴黎儿童想要一间观看木偶戏的房间，而不是一个舞台——可是没有买到这有益的玩具，那位善良的富有的爸爸就带回来了一个昂贵的不讨人喜欢的普通的舞台。——就是这许多事物给我留下了印象，例如铁路上的售票员，学校，尤其是：行动计划，在柏林的邮政博物馆里的帝国的所有邮政局的典范——正是这些事物也被成年人认真地接受，我感到满意。

一张巴黎的脸面，这脸面人们常常看到：兴高采烈的、乐于享受的、天真纯洁的眼睛，但越是往深里看这脸会变得愈来愈阴沉，浓密的、似灌木状的、可是十分俊俏的黑色小胡子，这小胡子把嘴都掩盖住了，几乎有些罪恶感。——追求享受。

晚上观看《卡门》。

在阶梯下面两位穿燕尾服的先生坐在一张售票桌旁，相互间似乎正在说话。人们在他们面前出示入场券。他们仔细地查看或者不看，对于上这个或那个楼梯（楼层）给予不太清晰的答复，似乎很高兴，也许在观众中他们更喜爱周旋于那些漂亮的太太的晚礼服中。

所有这一切我几乎没有注意到，这更多的是事后的幻觉。

剧院里的跳蚤，每一只都期待着今天的观众来到它的座位上。

没有巨大的枝形吊灯，天花板上有一个很大的由锇钨丝电灯泡组成的环状物。

女领座员。对不给她们小费的人做记录，在演出过程中急切告诫。

临时加出的椅子放在排列的座位之间。

当我有一次来到奥林匹克运动场时，太晚了，正在演出歌唱节目，一位女工作人员指定我一个座位。我不能打扰其他人，这意味着，我要暂时在这儿停留一下。——她催逼我坐下。这儿什么也看不见。——我决定不再让步。对这事我很愤怒，在这巴黎外国人的意愿如此得不到尊重。——她不停地说，终于把我交给另一个女人，意思是我不理解她说的话。——我客气地但又坚定地坚持自己的打算。——最后这两个女人和我取得了一致意见，在最末一排的空位子上让我坐下，大家都满意地微笑起来。

遇到一位富有的德国编外讲师。我们谈到了在外国人们对德意志民族特性的印象。——他说：一种巨大的巩固的权力的印象，在这权力面前人们不得不感到非常害怕。——我们则认为：尽管如此，人们对这权力十分鄙视。——他补充说明，没有鄙视的迹象。人们在伦敦或巴黎只需要八天——1918年同英国战争。那时候必须扩建德国舰队。建造多艘"无畏舰"。转向这种型号，这是英国的一个错误。建造另外的型号，就会处于优势地位。这时它同我们同时起步。

我们表示反对：对德国人仇恨和鄙视。我们是作为捷克人或波兰人旅行的。——在米兰有唯一的德文书，那儿还有英文的、法文的图书陈列出来，还有瑞士的导游手册——在布里西亚①的赛马场上飘扬着各个国家的旗子，鲜艳和色彩成了幻想的总汇，只是没有了德国的和奥地利的旗子。——科里尔和马丁的紧密的亲属关系。——

我们想，这场谈话在一个民族主义的法国人那里只能唤起这样的感觉：人们应该对这些德意志帝国的人本能地鄙视，对此都有所察觉。

然而结果是，这位讲师代表了许多德国人的意见，应该听从健康的自我意识。

我们在巴黎完全成了民族主义的德国人。——当我们注意到林荫大道旁一家有着许多啤酒的咖啡屋，那儿德国人在德国的

---

① 布里西亚：意大利一省城，在米兰的东部，有古罗马时代的教堂和宫殿以及文艺复兴时期的建筑，也是一座旅游城市。

服务员和报纸的情况下公开进行会面时，我们真有些感到害怕。
——他们把许多小桌子推到了一起，为了组成一张他们所需要的长长的酒桌，然后分成两排长长的行列面对面坐着，其中一排的背部向着林荫大道。——法国人则相反，每两个人，最多三个人坐在一张小桌子旁，所有的脸孔都朝向林荫大道，以至于咖啡馆前这样许多排一排接着一排给人造成剧院正厅座位的印象。

在巴黎传统的庸俗艺术作品。

甘必大纪念碑。

家具。

慕尼黑的工艺美术在1910年秋季展览会上的失败。——展览厅没有供暖，空空荡荡，只有一些家庭主妇在展厅里惊讶地观赏外国式的手工制品，大厅的陈列柜里包括了岛屿出版社和许佩里翁出版社的全部图书艺术，以及美丽的米勒版本和一个衣着朴素的漂亮的金黄色头发的工艺品姑娘。——报纸使德国的艺术家感到遗憾，它不像法国那样有传统。——印有展览目录的请帖不得不让企业原谅，那是一种多么缺乏教养的——幼稚的艺术，与此同时，人们对法国工艺美术的全盛时期（洛珂珂式）并不感到羞愧，根据这些如此遥远的风格就像中国和日本那样可以得到激励。

《卡门》：演出非常富有音乐性，极其精确。没有矫揉造作的东西。——相比之下序曲较弱。——

菲克斯小姐扮演的卡门是第一流的。所有其他角色，包括最最次要的，也都具备美丽动听和准确的声音。

在第一幕吉卜赛姑娘的合唱中，童声低音部神清气爽，十分清晰。总而言之音乐结构表现得非常突出。——这种看法与那种认为法国人没有音乐天赋的一般判断不完全能协调一致。——同样情况是在去年柏辽兹①的浮士德的典范性演出。

令人感动的是法语的文本，这文本激起了比才②的音乐创造热情。　人们注意到下面的例句。

我爱上了

　　因为我发自内心的爱恋

爱得失去了理智

　　我以强烈的炽热爱上了你

钟声响了

为了女工们

旁白：我们蜂拥而来声如洪钟。

尤其这词句如此认真地与这音乐相配。

第一场由于她的孤独和奇妙的音乐插人总是感动我流下热泪，时间长而且不对称，由此直至插人灵感的充满活力的旋律的最后一个音符，甚至关系到本身客观的歌剧词句和消息报

---

① 柏辽兹（1803—1869）：法国作曲家，这里提到的是合唱曲《浮士德的劫罚》（1846年首演）。

② 比才（1838—1875）：法国作曲家，根据梅里美同名小说创作歌剧《卡门》，1875年首演于巴黎，以后在世界各地上演，成为一部经典歌剧。

道，这些东西人们现在（R.施特劳斯^①）毫无疑问已作为音乐的"范本"。

在一个花园里的走私者小酒馆，周围有坍塌的木制长廊。唐·何赛（德国人很少这样的名字）有着难看的金黄色胡子，有些单纯的外貌。也许与走私者的角色一致，他出现时应该没有胡子，显得生气勃勃。

朗诵没有上演。以这样的方式更好地突出作为完整的乐曲。同时也突出了角色的性格。——例如雷门达多拿着他的鞭子就是一个烈性的小歌剧人物形象，在我们那里这样的次要情节就令人费解。

第二幕的序曲在这里也和在我们那里一样，大多数情况下很快就过去了。

在巴黎除最好的之外也有最差的，这最差的也同样受到报纸的称赞和观众的惊美。我想起了观看过的一场歌剧，在市立剧院演出，但正是一场粗制滥造的演出，剧名为《非洲女人》。

托雷阿多尔没有在序幕开始时唱着他的小调登场，而是在序

---

① 里夏德·施特劳斯（1864—1949）：德国音乐家，1909年开始写有多部歌剧。

幕的最后小节才出现。这样一来序幕中紧张的探望都抛向一边，人们看来已经注意到这个托雷阿多尔，打手势和脸部表情，所有这些意味着"他已经来到，现在要立即进入下一时刻"。——等待者终于出现了，观众最后以同样的激动就像合唱曲那样期待着他。——所有的场次都是这样。同样也在《卡门》的第一幕中。消耗殆尽的舞台效果。

在第三幕第一场中，幸好没有什么东西被删去。

带苦涩的饮料。加了石榴糖水溢到了手上。——这些服务员继续做他们的事。他们要干的事就是又把一个人立刻引至在巴黎的中心：领座员看着入场券。核对无误。

肚子痛。

9月9日，星期六

旅馆相当安静。可是我有自己的倒霉事，关于睡觉……似乎是在墙上钻孔。不知怎么的有人在毗邻的房子里干活，这房子直接挨着我的房间……然后是一把沉重的锤子很有节奏的敲打声，有时中断一下，接着又继续敲打……在我旁边还有电梯。

在施特莱萨是有抽水马桶的厕所的声音。在卢加诺是轮船的声音。

……这里是电梯的声音，它离我的房间如此的近，我相信，如果它的门打开，这门会劈开我的房间。在墙上钻孔的声音使我在半睡的状态中想出一个铤而走险的小偷故事……9点钟前后我再一次入睡，浑身冒汗。

另外一个公共游泳池。——这里白色的毛巾垂直地挂在平行的绳子上，以致能看到天空，然而从桥上和码头上看游泳池似乎是封闭的。因此这里的一切显得更明亮，更新颖，更友好。——不可理解的是，这样的东西不能被巴黎所有的游泳者去模仿。

卡夫卡认为，那儿有同样的设施。

木头地板又湿又滑。楼梯也是如此。水的颜色是这样的深，因此人们大概看不到水中的脏东西。尽管这水很少有吸引人的外观，可是它非常凉爽——人们几乎不相信它——然而我倒很喜欢。

一个年轻人非常友好地对我讲话。因为我不理解他说些什么，他以法国人的表情显出无所谓的样子，并耸了耸肩，面对外国人十分客气，他的傲慢的火焰融入了礼貌之中。

卡夫卡在绳索上爬上爬下非常在行。

阿里斯蒂德：在仅仅用胶版印刷的菜单上人们看到这儿的肉汤之类没有其他餐馆来得精美。——在夏蒂尔印刷得很糟糕，还有很多遗漏的字母——在杜瓦尔印刷得很好。

在饭馆里快速周到的服务给我留下了印象，服务人员过于劳累。在杜瓦尔饭馆里有一些讨人喜欢的女性（黑白相间的小帽，白色的围裙，都系得紧紧的——也许她们都穿了同样的紧身胸衣），汗流满面。——然而在杜瓦尔的一间地下室里我遇见了一个小伙子，他在他的磨床旁如此愉快而又精力充沛地工作着，所有的抽屉里都放满了刀具，扔放这些东西就像杂技团小丑扔放乐器一样，这时他感到很快活，还对走过他身旁去厕所的女士说一些色情的笑话，例如"这是非常好的时间"，他也试着把我拉人他的快乐的玩笑中，通过手势，这手势面对这些女士在我和他之间理应表示赞同。我不知道，为什么我总把他当作一个加斯科涅人。[①] ——他的头发有些像黑人的头发。总而言之他只有一点点像大仲马小说中的人物。

"罗浮宫"来的姑娘，愉快地去吃午餐。——她们是作为预约者带着明显的联营标志进行服务，在离开时她们把餐巾整齐地叠好，插进环状物中，然后不引人注意地放人桌子边上的一个合适的袋里。——一些人得到一大盆蔬菜。其中一位为大家煮了，把蔬菜切开，用油搅拌，这从根本上说（被现代工业化主义所滥用）是对她忽略了的自然本性的家庭主妇能力一种小小的补偿。

这些等待的姑娘站在这些桌子之间，挤在一起，就像在挤得满满的电车里一样，直等到有一个空位子让出来。——在这炙热的房子里，这就是她们的午间休息，她们愉快地闲聊。——一位美丽的姑娘，我给她让了座，她坐下后没有感谢我。

在这些年轻的、部分很嫩弱大多数很妩媚的姑娘中都隐藏着

---

① 加斯科涅：法国西南部的一个地区，位于比利牛斯山、加龙河和比斯开湾之间。这里的人身材矮小，但强壮有力，活泼而富于幻想，称为加斯科涅人，是大仲马小说《三个火枪手》中的阿达尼翁的原型。

许多痛苦，但她们更多的是健康，也就这样逍遥自在地把这痛苦忍受下来了。

有些烤肉是这样被端上桌子的，黄油还在肉块上滑动，半融化状。

有些放在棕色的碗中，像一个轻佻的女人。

这是很难做到的，为什么要求那么多的自我克制，甚至当菜肴还那么丰富的时候，不再每天去吃同样的东西。

在杜瓦尔的接待先生那儿有这样的倾向，当两个人一起来的时候，就递交给他们一份共用的菜单。这对我们来说很为难，因为结算的缘故，也就在我们的反对之下，出现了这样的情况，他们企图强使这儿的外国人接受无用的东西或受伤害的东西，我们在门外就被分开，进去后相距较远。尽管这位先生有些知道，我们属于一个整体。我们希望每人一份菜单。——可是大多数情况下女服务员总是把所有的东西写在一张单子上，因为这对她来说方便得多，然而尽管我们费了很大的劲还是无法逃脱我们的命运。

重新又看到了一些最喜爱的图画。

安格尔①远胜于德拉克洛瓦②。

曼坦那，乔托②——安格尔的一幅少女画像，极度冷峻阴险。

人们非常有兴趣地、紧张地在第一个房间里观赏复制品，购买风景明信片；不急于去观看原作。

《菲德拉》：剧本中的连续不断的、毫不气馁的惊叫。这位先生出现在我们一排座位上，后来又走上了较高的一排，没有人买下那排座位。

在这出戏剧中人们谈到了"夫人"和"亲爱的特拉曼纳"，希腊人的印象通过高度的、独特的文明达到了。这对我来说比霍夫曼斯塔尔④剧本中的野蛮更加真实。——简洁的风格，因为这是由宫廷决定的。———幅有着宏伟壮丽的线条的彩色粉笔画，非常鲜明。——

虽然我们被戏剧所陶醉，我们（只是作为外国人的民族本性）还是不能直接理解整座剧场的鼓掌喝彩。

其风格回忆起《晨报》的社评，离得十分遥远。

---

① 安格尔（Ingres，1780—1867）：法国画家，古典主义画派的最后代表人物，擅长肖像画。

② 德拉克洛瓦（Delacroix，1798—1863）：法国画家，浪漫主义画派的代表人物，艺术上主张革新，与古典主义相抗衡。

② 乔托（Giotto di Bondone，1267—1337）：意大利文艺复兴初期的画家、雕塑家和建筑师，他的作品富有开创性。

④ 霍夫曼斯塔尔（Hofmannsthal，1874—1929）：奥地利诗人、剧作家和小说家，写有多部反映古希腊社会生活的剧本。

我知道拉福尔格[①]作品中的一行诗（第41页），他引用过它，我在这样的一瞬间与周围的法国人处于同等地位，他们肯定在学校里读过这部古典作品，并且曾经背诵过。

在较长的谈话后是掌声，这谈话就像咏叹调，在一定的地方，这些地方似乎依据传统已经确定下来，以至于不论是观众还是演员都会从极端激动中特别惊喜。——这样的地方并不总是在一次谈话的结尾，——这完全是维纳斯对她的猎物的钟爱——

在这高潮之后就像在高音的C大调后就有掌声。谈话的其余部分要在停顿后再继续，这就像宣叙调一样没有多大意义，例如在第二幕《吻》中卢卡斯的咏叹调之后的一个过渡。

一次伊波利特说："天啊！我听见的是什么！"在菲德拉的一次长长的谈话后他必须很快地加上几句。这样一来对前面的谈话又掀起掌声。——伊波利特暂停一下，然后继续说下去。

关于王位继承的热情奔放的交谈，法定的血统关系等，必须考虑到同时代人的利益，尤其是宫廷的利益。——就这样现在有些苍白的阿丽西的形象当时也生动活泼起来了。

美妙的、清晰的语言深深地感动了我，特别是这一段，菲德拉为她的孩子的离去而悲痛，这些孩子将在母亲的不祥的呼喊中遭受苦难。——即使在现在，当我读到这些诗行时，我的耳中会回响着这位呼喊的母亲的语调。

一幕演完掌声响起。帷幕又拉开。人们想，前面的那些演员

---

① 拉福尔格（Laforgue，1860—1887）：法国诗人；马克斯·勃罗德于1909年出版过他作品的德文译本。

兴许要为掌声而感谢呢。就在此时演出又继续下去。

经常用的言语：懒惰。
一次我突然想到：愤怒——
言语的标题音乐。

菲德拉的英勇的绝望，这绝望扩展至整个世界：
诸神的父亲和主是我的祖先，
上天，整个宇宙充满了我的祖先。

我们在剧场休息厅里挨到了最后一幕，与此同时我们阅读了马里沃①的剧本，这剧将在下场演出，我们是随着许多人群来到一个休息厅的，但服务员不让我们入内，之后我们来到一个普通的休息厅，可是这儿的灯光暗淡，在休息时才明亮起来。

我们来到林荫大道。里舍咖啡馆，邻桌的两位先生讲着德意志国家疆界内的德语。关于妓院的事，这里的姑娘和另外地方的姑娘。我参与他们的谈话，向他们介绍了汉诺威大街，我想要上那儿去。如果他们有兴趣，他们可以一起去。那位年纪较轻的有兴趣。那位年纪较大的熟悉巴黎，考虑后问道："哦，这是一个非常低级的妓院，是不是？"他们到底想些什么，我自忖，这时

----

① 马里沃（C.de Marivaux，1688—1763）：法国剧作家，主要创作喜剧，也写有小说多部，1743年被选为法兰西学院院士。

我害怕，假如我与他们继续交谈下去，会被看作是一个骗子，这家妓院的代理人。现在他们摘抄了地址，谈起话来好像没什么经验，完全是属于那种家乡城市中没有妓院的那些人的风格，喝些便宜的香槟酒，聊聊美丽的女人，等等。这时我接近于这样的看法，把他们视为骗子。——我们几乎是突然地离去，卡夫卡向我承认，他确实有这样印象，他们是骗子，即使他没有比我更早地这样认为。

一辆车子慢慢地跟在我们后面行驶，与我们的步伐相当，他愿意送我们去住地，被我们拒绝了。

我认识汉诺威大街4号，我们先走到了7号，一位穿着丧服的女士邀请我们继续往前走。我们最先听到的问询回答，完全是布拉格的声调。可是她比我们那儿的这种人更殷勤，更文雅，更机智，更有趣，我们那儿的这种人由于心情恶劣几乎毫无表情，看上去只是作为围绕那些大型建筑物大门的阴暗处的加固物而立着。突然想到的问题，楼上的那些女士是否也讲捷克语，她开始幽默地结结巴巴地说：不，我们不说捷——捷——捷克——但我们很喜欢支票[1]！——我们上楼的话，她列举出价钱，同时怀有歉意地说：“我跟您们讲得非常坦率——。”我们之间吐露秘密的术语“就这样吧”[2]她是听不懂的。我们以布鲁塞尔的商业惯

---

[1]　这里包含幽默的文字游戏，tscheque（捷克）和cheques（支票）发音基本相同。

[2]　原文为"Derangement"，这是勃罗德和卡夫卡之间自己造的词。

例表示歉意。——

一个关于巴黎的梦：——所有的街巷都被蔬菜皮和叶盖住
了，还有肉类垃圾、瓜类残留物，就像穷人住过的房间——所有
的私人住房都是那么简陋——在林荫大道上无数被抛弃的广告纸
堆积起来，使城市街道显示出一种狭窄的小家子气的共同生活方
式——与之相反的是帝王的豪华，挥霍浪费，协和广场，罗浮
宫，官方的公共建筑物富丽宽广——突然我似乎觉得这就是巴黎
的特性：街巷分散居住着市民百姓，穷困潦倒，肮脏不堪，而国
家的建筑物卓越辉煌——这大概就是罗马式的风格——雅典真的
也是如此，阿克罗帕里斯[①]和它那狭窄的小巷，与此相比这些小
巷被充分利用，但并没有被重视，它们的名字一次也没有被我们
关心过，确凿无疑的是，虽然佩里克莱斯[②]和阿尔基维阿泽斯[③]曾
在这儿的那个地方居住过，闻过山羊粪便的臭味。

逗留在女看门人的厢房内，既然"我们已经下楼"。
有人在一个柜台旁付费。
我们与奥托一起坐在一间很热的房间里，帽子推到了头顶，

---

① 阿克罗帕里斯（Akropolis）：希腊雅典的古城堡；古代雅典城
地势较高，建造坚固的部分称阿克罗帕里斯。

② 佩里克莱斯（Perikles，约公元前500—公元前429）：雅典政
治家，主张激进的民主主义。

③ 阿尔基维阿泽斯（Alcibiades，约公元前452—公元前404）：
雅典政治家、军事统帅和演说家。

随意翻阅着《晨报》，为了不被看作是外国人。——这一次我们通过一间明亮的房间被引至一间黑屋子前的门口，就在这一瞬间黑屋子的电灯亮了，可以看到二十个赤裸着身体组成一个半圆形的女人展现在那儿。难道直至现在她们就坐在黑暗中，或者有人在目前，也就是由于灯亮了起来，刚把她们领进这间屋子？所有的人都向一个人微笑，手摆弄着乳房，或通过舌头在半张开的嘴里转动显示她们的本领。人们单个的一个一个观看她们，真感到非常难为情，眼光偶然落到这第一个人身上，那第二个也就漂移过去了。由于处境窘迫我很快挑选，然而我意识到我的窘迫是我正确挑选的障碍，我尽力，十分留心全神贯注地在这一时刻使之协调平衡。就这样我显示出一种非常渴求的样子，虽然我只是同情、窘迫和亢奋的混合体，反正并不坚强，而只是尴尬的软弱的完全轻松的情绪。——在这一时刻我没有更加强烈地去想现在在我眼前出现的事物，而是去想楼梯间以及它的棕榈树的有趣的印象，跑楼梯的人，每个梯级上的黄铜栏杆，从上面照射下来的微弱的灯光就像在不引人注目的海滨旅馆里一样，在这种旅馆里有名望的国王般的或王子似的客人正好刚刚死去，为了使气氛协调，灵柩的富丽堂皇受到了抑制——没有超过耀眼光线照射的、用图画装饰起来的，不拘礼节的看门人的房间，在这房间里可随意地阅读一本科学书籍——这时出现了两个自以为了不起的、穿着深色衣服的女士，她们碰了我们一下——这眼前的，至少是不习惯的情景使我产生这样的想法，我现在所干的是一种不正当行为，当然只是一种情有可原的、好玩的不正当行为，特别是对我的新婚妻子。——回忆过去、当前情景和展望未来有着同样的功能，大概导致了已经写下的东西缺憾的效果。

我跟随离我最近的、半裸着身子、穿着绿色大衣的女士上了楼梯——来，我亲爱的——我告诉她，我在一年前来过这里，因此是一种庆祝周年纪念，等等，我觉得真是太傻了。

你现在稍稍漱洗一下吧——一个白铁皮制的小型坐浴盆，有热水。

一张单调的、半硬的、非常宽又很平坦的卧式长沙发摆在那里——很适意，可是无法替代床铺。——我觉得我的选择非常糟糕，我不断地想起楼下另外一些姑娘。

回家后我向卡夫卡借奥图尔来阅读，看来这里预防梅毒犹如在米兰预防霍乱一样。

9月10日，星期日
观赏古代雕塑品。

一座纪念像：拉法耶特①，金色的狭长的军刀非常直地竖起，骑着马在一片很小的树木中，这片树木有一条砾石路可以通行，出席的妇人和小孩很多，并以通常的栅栏（金色的长矛尖端）给围上。

——————————

① 拉法耶特（Marquis de Lafayette，1757—1834）：法国政治家、将军和作家，美国独立战争时曾统率法军协助美军作战。

浮雕：欧里庇得斯①，被他的作品的部分可以读到的标题围绕着。—个美丽的光环。

一座雌雄同体雕像躺在一个用大理石雕凿的类似垫子的床铺上，作为生气勃勃的古希腊艺术作品我们首次感到惊奇，然后是最近的研究成果长长的解释性文字作为当代的"补充"。

这雌雄同体睡得很香，趴着躺在床铺上，脸转向一边，以至于他的面颊可以认为是他的手臂。腿的不安静的转动和美丽的屁股。

我也总是感到惊奇，为什么这些给予艺术作品的解释和题词都是印刷出来的，而不是手写的，因为这只需要一份。极大的浪费。

一条林荫路上有着许多相似的维纳斯立式雕像，它们之间只有很小的差别——胸前的手伸出来做暗示的动作——或者蹲下来在沐浴——或者与站在海豚上的厄洛斯在一起。

一位缪斯②身穿有着很多褶皱的衣服。这衣服往下的样子，好像两条腿很快要从臀部离开似的，由此在极度的风格中产生了一种庄重的风格。尽管如此给人的印象还是非常自然的，在对它所有的出人意料中受到感动。——这是我在罗浮宫中最喜爱的作品。比起在它旁边的米罗的维纳斯我更喜欢它，它们分享着绿色的长毛绒背景的荣誉。

这些被拿破仑掠夺到这儿来的雕像，还留有原来的博物馆如

① 欧里庇得斯（Enripedes，约公元前480—公元前406）：古希腊三大悲剧家之一，相传写有悲剧九十余部，现存《美狄亚》等十多部。

② 缪斯（Muse）：希腊神话中掌管艺术、科学等的九名女神之一。

佛罗伦萨、罗马等的标志。——获得的时间是1797年（？）——

——很少关于罗浮宫的情况？——

巴黎地下铁道。

一个世界城市的标准。——在我第一次巴黎之旅后，在布拉格我列举了让人激动的地下设施，有抽水马桶的厕所、岩洞：地下铁道。

在大街上面灯光和文字以一种完全是趣味低劣的脱离派^①风格表明了地铁入口处。——人们在石块墙之间往下走，从灰色的石块墙走出来购买车票。每张车票15生丁，女出纳员在干这个工作：她非常灵巧地将递给她的铜币投向一边，将两个苏^②投向另一边，那儿已经堆了一堆。——

这是一种什么样的职业，她的窗口以毛玻璃遮蔽着，只是在很低的地方保留有大约一平方分米的空处，通过这个洞口她看到的是成千只陌生的手，手中拿着钱币，这钱币由她投入盘子里，发出声响，只看到手，可是从没有看到人们的脸——也没有看到她的脸，只听到声音：第一，第二^③，而从来没有另外的话语。——这样一种少有的工作，手指和声音，如此紧张，如此快速和交换。

男人的职业也很少有趣，在下面将走过来的人的车票打孔

---

① 脱离派：19世纪末德国的一个艺术流派。

② 苏（Sou）：从前法国的一种钱币，1个苏合5生丁。

③ 原文为法文。指第一站台、第二站台。

210

——他坐在一张私人带来的、可随意开合的椅子上，这不属于地下铁道的财产——令人十分惊奇的是，如果有人问他些什么，这时他就会说，这种经营是极其自动性服务的方式。没有人去为某一个人服务，旅客大众必须自己照顾好自己。如此情况也就没有什么好惊异的了，在每个地底下的巨大的车站大厅里只有小小的办公室，显得很空，照明很差，在办公桌上有很少的几张用过的吸墨水纸。复杂的仪器自己在工作着。

有人讲，中间的轨道连接着非同寻常的高压电。触摸它们肯定是自杀。——但是路轨躺在深处，没有人想踩上它。人们不需要很长时间就会熟悉。——地铁车站是这样的，车厢的踏板与站台完全一般高，原来的那个词"下车"在这里失去了它的意义，人们非常舒适地"走出来"。

各种各样的信号，就像房屋的重量在我们上面挤压。噢，另外一些是通向高山山口最高处的强烈的邮政信号。

这些门也很实用。人们推一下两个门把手中的一个，门的一翼就撞向一边，魔术般地另外一翼在它合着的地方也自动打开，这就像一个被推向一边的后台。

一个搪瓷的小牌同样自动地告知车站名，就像它们在非常清楚的简明地图上很容易找到的每个车站一样。

当地铁列车停靠时，人们立刻看到熟悉的蓝色牌子上的车站名字，尽管还有许多广告牌。卡夫卡说："因为人们兴奋地在寻找它们。"一律化的魔力，此外"杜博纳"的广告牌也沿着整个地铁线路得到了充分的利用。——就这样不在意地往外看立刻自动地变成了阅读。——车站上的所有长椅都写上了广告用语，甚至出口楼梯上的每一个梯级的狭长的垂直面也都效劳于"皮尔"或《晨报》。这些坚硬的梯级由零星地散布着的小金星装饰着闪闪发光。

在地铁车厢里有许多闪着银光的杆，很直，人们可以扶着它们，也可以靠着它们，内部装饰就像教堂柱子。挨着门的空间是站立的地方，专为那些乘短途线路的人准备的。人们乘长途线路，一旦有机会，他就可以在旁边捞到　个空出来的座位。

在转车时人们必须通过长长的地下室楼梯上上下下。当然道路标志得准确无误。如果人们因对地道迷宫的错综复杂不满而有所抱怨，他就得这么想，每两个车站的两个站台中的一个必须与自己的和别一个车站的每个站台相联结，而每个站台也必须直接有出口，单独有人口。就这样人们碰到那些走下来的人，他们匆匆地从尘世来或转车登上想乘的列车，或从石块墙之间走来，去一条三岔路，笔直走进两股人流，也常常被连续的一群人分成两个部分，这儿是往下，那儿是往上，这里人们又看到了一个拱形大厅，当然只是看到了站台上人的双脚，因为人们处在这个楼梯里就像处在一个斜放着的炮筒里一样，看着列车到站出站，它们互相之间没有关系，也就是说只看到列车车厢在动作，人们还听到轻微的信号声音（这声音不能太响），人们转过身，来到更深的地下。人们迷迷糊糊，尽管有各种各样的路标和指明方向的手。

同火车站的区别：没有行李，没有烟雾，一切都是丁是丁，卯是卯，包括上面提到的椅子。

巴黎的地铁车票就像火车票一样做得很马虎，意大利也是如此，薄薄的弯弯的盖有戳子的小纸片，戳子总不是盖得很正，没有像我们那儿印得漂亮——这更像是小纸条，这种小纸条人们在商店的自动计算机上也能得到，这在出纳台付款时都会给予的。

布格涅森林。
我们乘车至多菲门车站。——许多人迎着我们在宽阔的林荫道上走来，回家。这是巴黎的市民和他们的家庭，社会的中间阶层。我们多次心想：这种情况在布拉格也总能看到。可巴黎的情况是那种沉醉于无边无际的笔直的林荫大道的景象（群众熙熙攘攘），这些人群很明显很疲乏，惬意的疲乏，今天他们通过缓慢的安静的散步、很少讲话来恢复健康。也许给人的印象如此，因为我们也很疲惫，树木已经呈现黄色，潮湿的灰色的雾迷漫在干枯的青草地上。——人们在这儿越过草地，这是一片森林，不是公园。
有许多人。在两棵树之间，不是在空地方，而且衣服在慢慢地活动。——人们听不到嘈杂的声音，一会儿街上传来了汽车的声音。这对许多人是合适的，也就是说他们玩累了，在默默无言的植物之间人们高声叫唤——临近晚上。然而人们看到了许多微笑的脸蛋，许多对情侣，他们这时公开地、正派地坐在草地上。
我们实行我们的计划，在树木之间就像在街巷里辨认方向。刚好我们发觉，我们旁边没有什么通常的警戒牌和警示牌，因此我们就在一个架子旁走过，这架子上却有一大堆告示。但是它们都在坚固的铁丝栅栏后面，印得很不清楚，无法阅读。

一列专为孩子们的小火车，通向动物园。前面是一个玩具火车头。电动。没有车厢，而只有一排排空着的小凳。小火车快速地在它狭窄的轨道上弯弯曲曲地穿过森林。——就像巴黎所有这些令人惊奇的东西一样，这也是一件旧的设施，今天的孩子们的父辈都曾经为它欢呼过。

靠近大湖的码头。我们想首先划船，可是它比较贵，今天我们是一个节约的日子。后来我们想乘船到湖中央的岛上去。我们坐进一条已经停靠着的船中，但是好长时间它还没有启航，慢慢地坐满了人才开航。一群心满意足的、和蔼可亲的人坐在船中，他们的脸上充满着期待和高兴，仿佛这是一次伟大的旅行。——一个驼背的人向已经登船的人收钱，每人一法郎。正如我们逐渐看到的，这只是一般路程，小船围着岛屿航行，一小时后有人下船又有人上船。这船行驶得很慢，在帐篷式的船顶下显得很沉重，只有一个男人在划。这真是一个和平安宁的星期天下午——娱乐消遣。——在我们启航前，我们看到了一位年轻的男子，他与母亲和妹妹或未婚妻登上一条租来的小船，看来是第一次划船，笨手笨脚地碰撞了我们的船，接着又很快地碰撞了另一条船。他的乘客似乎没有对他生气，虽然她们都有些害怕，他劳累不堪地工作着，脸蛋红红的，露出微笑。人们都善意地向他大笑。

坐在我们旁边的一位先生说，他带有奇怪的拖长声调："尝试一下吧——终于学了。"这是一位年长的体面的衣着漂亮的先生，以及他那有些衰老的妻子，他们正彬彬有礼地在谈论一次舞蹈课，后来也与穿着星期天服装的女仆说话（她穿的是那种长长的黑色的丝绸衣服），这个女仆考虑到身份地位的差别十分恭敬，然而回答很爽直。——这位夫人认为"很臭"，于是她突发奇想，要把科隆香水倒人沼泽。她重复这个短语，并且总是大笑，这男子再一次地鼓起掌来。——当两人下船的时候，他们显得比坐着时更小一些，更老一些。我扶着他们。他们谈话的一大部分是关于夫人丢了什么东西，丈夫得在地上、在妻子的衣服褶裥中找到它。为了这个目的她必须站立起来，这样一来他既要专心寻找又要注意支撑，而她考虑到所丢东西的微不足道阻止他这样做，可是他作为一名热心的骑士不想让她有什么担心顾虑，稍微休息一下后又开始了新一轮的寻找。

我们的捷克语听起来很像中国话。

这夫人特别留意许多各种各样的未经证实的消息：啊，那些鸭子①——

这种习惯，越来越增多的谣传似乎只属于法兰西民族。

一个孤独的士兵，他一面移动了一下腰带，一面又孤独地离去。

一个小孩，他不停地说话。特别是当他注意到，大家都在倾听他时。他说的话声音单调而响亮。他宣布掉进水里的树叶为鱼儿，帆布顶篷上的污斑为花朵，对面的湖岸为美洲。所有这一切总是意味着嘲讽，总是有新的问题，对于他的说笑打趣大家都感

---

① 这里"鸭子"是骂人话。

到高兴。

在绿色的土坡上安营露宿的一个个家庭就像一幅幅图画从旁边掠过。——沿湖的小路上挤满了个别的散步者。

回家。在一个小湖旁有阿尔默农维勒馆，这个小湖被灌木丛所包围。

当卡夫卡去月神公园的大门处散步时，我正在喝石榴糖水饮料。就这样我单独一人坐在小桌旁，已是夜晚，我在仔细考虑——不是我的生活——而是这种苏打水瓶子以及它的吸管的奇特的古老的设计，这种吸管在人们喝到相当低的水位高度时通过摇动瓶子还能喝到。——在我的周围是喧闹的交通，一个没有房屋的广场，只有车辆。混乱不堪。

这个在城市边缘面对森林的地区有些奇异、令人激动。我很难用文字描述。一条没有街道的街道交通，因此赤裸裸的，越来越乱，失去控制。人们有这样的感觉，这儿会愈来愈昏暗。巨大的广场有着各种各样交叉而过的线路，还有枝形路灯，安全岛——人行道，它呈楔形，顶端是尖尖的，石砌花坛，这和一般的花坛很难区别。饭馆，它们的建筑风格宣称是郊外别墅，可是看上去还是非常城市化。为此倒有这样的想法，这儿应该成为休养地。但喧闹声使人心神不宁更甚于巴黎。我们感到这儿的汽油味比巴黎林荫大道中央更加强烈。尽管有无数的树木但都淹没在城市气息中不起什么作用。

公共汽车的王国。在星星广场旁驶过，在香榭丽舍地区高贵的旅馆旁驶过，在巨大的汽车公司的灯火通明的（尽管是星期天）陈列窗前驶过。因为这整个活动都充当了陈列窗。

帕泰电影院（自己的商品）。

9月11日，星期一
罗浮宫大街。——一辆汽车撞上了一辆三轮车。——广场的另一边正好也有一辆大型公共汽车抛锚，它似乎走不了了，一个轮子坏了。——当汽车司机和面包房伙计争辩时，人们分成了两派。
参阅黑色笔记本第23页。
——后来检查汽车。两位对立者非常平静地等待着，互相拍拍对方的肩膀。
面包房伙计穿一件亚麻布长大衣赶到脚跟，红红的面颊，狮子鼻，很年轻，细高个儿——汽车司机长一张城里人的脸，很时髦，个儿矮小。——三轮车的轮子弯曲了。——面包房伙计去找警察。——从旁边走过的人站住了，所有的一切从一开始就很活跃，但没有恼怒，都在进行解释。他们看看这看看那，过了一会儿也就纷纷离去。——

在一条小巷里摆放着花圈，这儿有一位夫人去世了。公共汽车缓慢地行驶着。贝尔西码头上的脚手架倒塌了，死了许多人。——一个看门人冷静地发表意见："您想要知道什么，这正是大城市里可能招致的灾祸。"

因为我要寻找雨果·科雷茨，我走进了拉斐特大街上的一些房屋，在这里都是大的商业公司。当时留下了奇特的印象，后来也就忘了。

在去爱丽舍大街的路上我们看到了一场小小的骚动，这是在孩子们中间发生的。一个能够操纵的气球飞起来了，越过协和广场，飞向里弗里大街。它是黄棕色的，犹如一个成熟的果实，人们相信，将它捏在手指中间会有柔软和凉爽的感觉。在气球的吊篮和气球之间人们看到了有些像小鸟一样的东西在飞来飞去，这是军官们的便帽，正在挥手致意呢。气球缓慢地飞越，几乎像停留下来一样。可是人们事后注意到，它还是很快地消失了，它飞得多么快啊。人们听到了螺旋桨发出的嗒嗒声。——打听关于它的名字。没有结果——那我们就想象吧。——花花公子中士，《晨报》。

一本《贝德克尔导游手册》是属于那种最容易被人忘记的东西。因为它指导的人慢慢地都有自己的目的，也就是说，人们没有它也会对这个城市熟悉起来，感到像在家里一样——然而人们在不知不觉中已经把它遗忘在什么地方了。可是它作为另外的对象也非常容易被重新找到。这样的事已有好几次发生在我的身上，我回到住地，看到此书静静地躺在一个很有生气的地方，而正是我把它丢弃在那儿的。对于这第二个特性我缺乏解释的能力。

我们想要大使餐馆的一个座位。有人建议，可以预订20法郎，或15法郎，仿佛只能这样，我们打听下来感到很吃惊，最

218

后我们买了4法郎的座位，这座位靠近舞台，我们本是惊喜若狂，碰到了这样好的运气——可是这一次的演出没有多大价值。如果我们真的付了20法郎呢！想起来真感到后怕。

还有一些小型歌曲在观众前试演。一位男歌手穿着大衣站在舞台上，行屈膝礼，装腔作势地表演一下，礼貌周到——我们把它看作是出于活跃场面的免费节目，因为我们期待的是这家大使餐馆，可是它很不准时，这我们也知道，后来另外的歌手从观众厅走向乐队指挥的旁边，靠在乐池的栏杆上，难唱的地方让多次重复演唱。

观众厅的设施是一种介于我们那儿的"入座就餐"和"音乐会场"之间的折中办法。椅子排成行，可是在每排前面有一个薄薄的凹槽，可以放肉汤盆子。

我们没有要什么东西，因为对有些事情还不了解。

这些演出比布拉格的一次中等水平的游艺演出还要糟糕——音乐小丑，拉动铃铛的绳子——杂耍演员——然后是"心，春天，梦想，爱情"的严肃的女歌手。——穿着燕尾服的先生们，带有小歌舞剧院的歌手那种既笨拙又满怀信心的微笑，细细的嗓音——在平台上的那些胖胖的有钱的太太顽固地对舞台也不看上一眼，只顾自己用餐。——

然而观众厅还是满满的。在巴黎所有一切都是一种好买卖。

德拉内姆①，世界著名的德拉内姆，在《晨报》上每天都有

----

① 德拉内姆（Dranem，1869—1935）：法国歌唱家、演员。

几行文字是奉献给他的，他在广告上被视为最有吸引力的——总之，我们并不了解，为什么人们大笑——而且不是笑一次而是许多次。——从一个笔记本上他读到了关于飞机的多义性，哦，这个方法是多么有名啊。

我们在演出结束之前离去，以至于我们没有体验到巴黎的剧院晚会结束时的情景——卡门没有：由于疲惫——喜剧院：因为太多了——大使餐馆：由于恼怒。——只有帕泰电影院我们甚至逗留了较长时间。

害怕受凉感冒，公园所在地。

在走过林荫大道的路上我们跟两个妓女打招呼。她们把我们当作英国人，当我们否认时，她们似乎并无恶意，甚至很诡秘。一个导游者，他立刻过来跟我们打招呼，用这样的话来指点：让我们做我们的"生意"吧。她们希望，我们把她们带到附近的一个旅馆里，在拐角处。因为停留着有些凉，她们机灵地建议，我们四个人可以去一个房间，这样她们就可以向我们显示了。——我们拒绝，这时她们请求我们，至少给她们"1法郎求得幸福"。今天还没有做成生意呢。一小时。在我们那儿就这一小时，只求在我们那儿有一个"好运"。丑恶的东西平静地由那漂亮的嘴里说出来。

我产生了悲哀的想法：这就是著名的巴黎妇人，法国女人，——替代了她们的骄傲的世界声誉，随便招揽生意，她们乞讨似的追随每一个最先碰到的外国人，真值得同情。

高卢式的开怀大笑。
•••••••••

爆开的豆荚————只甲虫在豆荚里爬来爬去——这些呆滞的、动荡不安的颗粒的外壳，看上去叫人害怕。——虽然人们看到了这种奇怪的现象，人们还是把它视作区区小事，在这儿巴黎。是不是在家里也这样思考呢？——一个木偶之家在它们的夜壶上面。——木制的糖果和小巧的圆形蛋糕——假的臭虫和墨水渍。

帕泰电话机
•••••
整个巴黎连同所有的豪华建筑确实只是由一条肮脏不堪的棚屋小巷发展起来的，正如人们在意大利看到的一样。

——一个德国城市就完全是另一回事了，它的原始小屋虽然也小但都是干净的舒适的建筑宽敞的德国房屋。——如果巴黎还想要越来越好，那它永远不能抛弃它的发展进程。德国系列的最高一级（柏林）是达不到的，尽管有给人深刻印象的脚手架和新建筑，然而这些只是增强了多角落的原型。这儿所有的大型东西都令人惊讶，但似乎都是偶然的，不是必然的。

在有罗马风格的建筑物里，在别墅里，人感觉到自己不是那样胆怯懦弱、无能为力。在奥地利也不这么觉得。他心想，万不得已时我也还可以用自己的双手把这事办了，把这些石头摞起来——。在德国则是另一回事。与人自身周围的、他自己的僵化了的产品相比，人－钱不值，毫无价值。

在奥林匹克运动场前聚集了许多骗子。我真想进行报复。

有一个人走了过来：后院，有二十个裸体女人，跳舞——只需付一杯啤酒钱——他展开一封一个英国人写的头上已经完全腐烂了的、破损不堪的书信，这个英国人感谢他的导游工作，时间是1901年——后面是当局的确认。我说："哎呀，您和当局也有关系。"——他没有觉察到这是讽刺，发誓想当口头翻译，进行讲解，还真的展示了盖有印章的几件旧文书——我们终于打断了他，匆匆地随口说道，我们在巴黎已经有三年了，所有的一切都知道。——他有些疑心，然而还是跟随我们说：可是那些东西您们一定不知道——它没有公开过。我们迅速地离去。

我们使骗子中计，通过异乎寻常的举止我们吸引他们对我们的注意。——一个年纪较大的、和蔼可亲的德国萨克森人，苍白的脸，灰黄的浓密的胡须，这样的胡须人们不会有恶感。"您们也许会惊讶——法国女人，容易激动。"警告别挥霍浪费，这是她们的方式。决不会有别的要求。如果您们不满意，您们就离去。——这时那第一个骗子又出现了，他一直跟随我们——我们担心被打，接着就回家了。

去年的冒险。5个路易①。

卖报人，报刊刚出版时他们精力充沛，现在则带着他们那些

----

① 路易：法国币制之一种。最早为1614年法王路易十三发行的金路易。

还没有卖掉的报刊缓慢地走街串巷，就像枯萎了一样。

我们（在米兰）看到一个年老的卖报人在街角的一个壁龛里睡着了，手中还拿着准备出卖的报纸。我们想要给他钱，但又不敢唤醒他。——另一个人通过脚踢唤醒了他，那份报纸给他5分钱，他们两人都高声大笑起来。

热水浴。人们相信躺着一定非常舒服，所有的肌肉都放松了——突然一条腿猛地一拉，慢慢地抬起来——人们总是对此并不知晓，承受了水的浮力，对肌肉产生了作用——现在腿浮动起来，变得完全失重——另一条腿也突然蹦起来，跟第一条腿一样——现在才感觉到完全彻底的休息，在休息中街上车辆的呼啸声通过薄薄的墙壁传了进来。

浮桥码头上的工作人员，也是一种很不错的职业。

购买彩票，人们在广告上看到的是一位身穿红色睡袍愉快地微笑着的家庭中的父亲，古色古香的装束，古老的书籍，鹅毛笔放在书页卷折处——仿佛这时不是非常资本主义似的——家长制的心满意足表露无遗。

这个让人讨厌的人有着浓密的黑色小胡子，他跟我说，他是希腊人——后来他为卡夫卡工作，冒充自己是土耳其人——在巴黎他感到很不幸福——与一位妇女一起在出纳处，也许她是这家商店的女老板，生活得不是很满意，正如人们从他们两人之间互通商务上的消息的声调中听出来的——他对巴黎发表了这样的看法：好啊，巴黎人不听英国人劝阻去掉他们那两端微微翘起的小胡子。他们也不听美国人劝阻去掉他们的法国鞋。

1912年6月—7月之旅

马克斯·勃罗德
〈1912〉魏玛之旅

6月28日星期五

直至12点才到旅行社。启程时情绪很不好，因为《新观察》没有发表我的文章，而且也没有证实期待的文学消息。

天气很热。我一直睡到乌斯提①，睡得很沉、很香。

谈到了格里尔帕策②。

波希米亚—萨克森的瑞士③，我从前对此有些鄙视，由于卡夫卡的欣赏对我也产生了很好的印象。

德累斯顿：有一小时自由。布拉格大街有无数的水果商店，最小的水果也很好看，价钱都很便宜。在香肠商店里有大量的货物，堆存在那里。美丽的姑娘在散步。——难看的插斯麦纪念像——四面形的。"四"在埃及意味着永恒。——在自动售货机里吃到一块质量不好的、便宜的肉排。

---

① 乌斯提：捷克（北波希米亚）一座城市名，易北河港口城市。

② 弗兰茨·格里尔帕策（1791—1872）：奥地利剧作家、诗人，他是19世纪奥地利最重要的作家。

③ 指捷克和德国交界处，易北河两岸的风光，有些类似瑞士的风光。

莱比锡：我们来到了一个年代已久的火车站，那新的正建了一半。

与一位搬行李工人谈话，他对询问夜生活的问题这样回答："您们是开玩笑吧，您们可以去车站里面喝一杯啤酒，只需要15芬尼。"奥佩尔旅馆。我们第一次睡在一个房间里，因为只有一个空房间。—— 在敞开的窗子旁。非同寻常的喧闹声。汽车声，电车声，马车的嗒嗒声。——我在4点钟时把窗关了，因为卡夫卡醒了。我想："我们该把夜晚分成几个部分。"可是他做了一些如此可怕的梦，我又把窗子打开。我仍然在睡，把脑袋埋在枕头里。

在这之前：步行穿过旧城——在"鸽子笼"酒店，一些喝得醉醺醺的市民与他们的妻子在逗乐。老顾客的奖状挂在他们的"啤酒老爹"的店里。一位大学生的图像连同骨架，他十四年来一直是这儿的常客，十二年前去世了。木制罐子里的利希滕海因啤酒，卡夫卡已经好久没有喝过了，汗水湿透。——后来去了在这旁边的一家妓院，上了楼，很快就下楼。长得很难看的女人，逃之夭夭。我认为，它名叫瓦哈拉。

我们在黑暗中看到青年歌德的纪念像（在甜食市场），以及他在莱比锡时的两个情人的椭圆形浮雕（舍恩科普夫，厄泽尔），非常美丽，几乎是巴黎式的。——奥尔马赫酒家在拆毁重建。——市政厅有着世界上最长的碑文。——歌德纪念像的后面有一座漂亮的房屋，这是古老的交易所大厦。——城市看上去十分庸俗，到处都是下等啤酒吧，就像繁茂的植被一样。——法兰西咖啡馆，我们在那儿喝了少得可怜的柠檬水，很差的茶——在陌生的城市里我那现实的令人惊异的辨识方位的能力是靠一种秘密的坐标系统的帮助。

6月29日星期六

在床上躺了很久。穿过炎热的街道我们看到了奥古斯都广场，它没有协和广场那么雄伟。——格林大街。——所有这些我们在昨晚已经看到过了。——托马斯教堂，往里面观看，想起了巴赫①深受感动，他在这里工作过。然而这里的一切都修整得光洁明净。巴赫纪念碑没有去找，也无法找到。安静的街巷，无法与布拉格相比。——"塔吕西娅"商店，出售年轻人的衣物，女式改良服装②，等等。在11点钟时去罗沃尔特处。门德尔松③在这旁边的一所房子里去世。可是罗沃尔特的房屋很脏（而这些装饰美观的书是从这儿出版的？）一辆运煤车，煤放在通道里。——"您走近些"，替代我们那儿的：您往前走。——两位主管人员，这两人的年纪都比我轻，罗沃尔特看上去结实有力，另一位，虽然同样很强壮，并且有运动员风度，但给人一种文雅的

---

① 约翰·塞巴斯蒂安·巴赫（1685—1750）：德国作曲家、管风琴家。1723年起在圣托马斯教堂任乐长和教师，直至逝世。

② 女式改良服装：20世纪初出现的一种简便舒适的女装。

③ 费利克斯·门德尔松（1809—1847）：德国作曲家，曾在莱比锡从事过演奏及指挥，1842年与舒曼等一起创办莱比锡音乐学院。

印象。地方就像在容克尔①处的一样。他们都很和蔼可亲。除了《感觉的高度》外我的出版计划：

格里尔帕策的自传、旅游日记和提纲、笔记——附有关于奥地利的序言。

拉福尔格的作品法文本

福楼拜的作品法文本

一部《斯美塔那②——随笔》中提到的作家群的年鉴，由我选编。

所有这些他们感到很"兴奋"。——他们对我和容克尔的关系特别有兴趣。我提出了一个理论：我的双向选择，等等。

遇见巴贝，他偶然来到这里——衣服穿得令人生厌，彩色的软领，没剃胡子，空泛无聊的言语以及并不很友好的举止——他推荐一部长篇小说——然后离去。

"我的合伙人"＝沃尔夫③先生。

冯·巴塞维茨先生到来，非常注意修饰，说话有优越感，可是当他谈到他的剧本《犹大》时，就有些想哭的样子。仿效莱比锡的剧院经理。

与罗沃尔特一起午餐，他谈了对巴的评语："可怕可怕极了。"——品图斯先生，《德罗斯特·许尔斯霍夫④选集》的编选

---

① 阿克塞尔·容克尔：生卒年不详，德国出版商。

② 斯美塔那（1824—1884）：捷克作曲家，捷克民族乐派的创始者，对捷克民族音乐的发展起过巨大作用。

③ 库尔特·沃尔夫（1887—1963）：德国出版家。

④ 德罗斯特·许尔斯霍夫（1797—1848）：德国女诗人。

者，《柏林日报》的记者——哈森克莱弗先生——冯·巴塞维茨先生——后来我把卡夫卡接来，大家对他都很好奇。他们是从《许佩里翁》上知道他的。——罗沃尔特认真地请他提供一本书。——我们将会感到惊奇，因为我们在夜间很快就找到了这个城市的最有趣的一些场所。——法兰西咖啡馆——与德尔普博士通电话，《莱比锡新闻》，他告诉我泽尔瓦斯的一篇很糟糕的评论已经到来，他会拒绝它的。真高兴！——再次在罗沃尔特处。

坐上火车炎热难当——火车站的没有必要的令人讨厌的豪华（从它的简便而言），它只应该保留艺术。

魏玛。晚上

8点15分去公共浴室，它8点半就要关闭，8点45分去第二家更好些的浴室，可是它8点时就关闭了。以至于我们没有洗成澡。兴许我们选择了颠倒的次序！

克姆尼蒂乌斯旅馆，格莱特大街——夜间还在歌德故居前。

6月30日席勒——歌德——平茨高尔

席勒的住房上面有斜形祭坛和七弦竖琴装饰着。"人们所以这样布置是把它作为博物馆。这里有许多真迹和房间。也有两枚席勒的戒指。"——女导游说，做抱歉状（很温和），有人对这些事情大惊小怪。

6月30日星期日

睡了很长时间（夜里公鸡、狗、鸣禽打扰得厉害）。

这对我来说就叫休假：慢慢地仔细地洗脸、穿衣——安静地用早餐。

12点15分我们才来到街上。

席勒故居。没有我们想象中那么可怜。在一家书店里有阿诺尔德·贝尔的书。

邮局——布莱、秘书、迪德里希斯的来信。

然后去歌德故居。购买了详细的参观指南。——有代表性的应酬的房间很漂亮。可是书房黑乎乎的（由于树木，当然那时很矮），卧室很可怜，有些霉味，也很狭窄。代替盥洗台的只有洗脸盆和海绵——盥洗室似乎很现代。洗澡间在哪里呢？为什么没有展示厕所呢？

在花园里。景色壮丽美妙。卡夫卡卓有成效地与房东的漂亮的女儿卖弄风情。所以人们多年来一直希望到这个地方来。

在"天鹅饭店"午餐，它就在歌德故居附近。

卡夫卡与房东一家去蒂福尔特郊游。

我在4点至8点半时躺在床上，有时入睡，有时看书。天在下雨。

晚上与卡夫卡在一起，他讲述了许多事情。

在德国令人费解的糟糕的矿泉水，所有的都是人工制造的碳酸。叫作"碳酸矿泉水"。因此有这样多的种类，就是没有绝招！人们该把骄傲丢到一边，进口百万倍的铸件设备。

奶油拌草莓，每人一份，这样人们可以安静地享用。图林根乳酪。

7月1日星期一

休息好后起床。

邮局——微不足道的小事！

我们来到公园，歌德的花园房子——这儿使我想起了他比住在城里府第中许多更值得羡慕的生活。记日记。[①]

为罗沃尔特的年鉴做计划。——在公共游泳池里也必须为我亲爱的埃尔莎·陶西希构思中篇小说！

7月2日星期二

终于收到从你那儿的来信。

歌德故居：在第二层楼上敞开的门干扰得厉害，就像在外面一样。

———————————

[①] 这段文字的正面画有歌德的花园房子。见德文版203页。

在楼梯间里，有着并不完全合适的希腊装饰花纹

螺旋楼梯
巨大的彩陶工艺旋盘和颜色学

"慢慢地走，瞧这儿——许多小树。"

属于颜色学的所有的东西，都乱七八糟地放在一只柜子里
——为什么不进一步去实验呢？？？
参观的人很多，一年有三万人！

种在木桶里的树木放在石屋边上，现在已长得很粗壮，当时
瘦小如子弹。

对这亲密的印象模糊起来了，我必须再一次地阅读歌德的许
多作品和最难懂的作品。——

早餐盘里的东西够了！………

来客登记处的"导游女士"

在李斯特故居有许多珍贵物品，烟丝盒，手杖，乐谱，这些
乐谱给我谱曲产生灵感。第一展厅（绿色地毯），富丽堂皇，比

歌德更接近我们的时代。卡夫卡说：技艺高超。波斯地毯。

一个人去游泳。

从俄国宫廷来的军官，成群结队，其中一人说（活泼，嘲讽）"像我一样和蔼可亲"——少尉们的妇女屁股。

责骂的场景：一个喝醉酒的人，被一条狗咬了，他的妻子护卫他，骂道："你这糟糕透顶的脏东西。"

蒂福利小型歌舞场：
满怀英雄气概我们期待战争
我们战斗时深思熟虑
取胜每一个战役
假如是最强大的敌人，也不可能反抗
他无法抵抗亚马孙族女战士军团

两个女士——血色的袜子，黑色的丝绒裙子，红色的上装——高高的德国钢盔——平顶有舌筒状军帽——奥地利德国是朋友——行军礼后手拍大腿——平行的动作，乐队指挥也放慢了速度——服务员高声呼喊客人：嘘！——一位艺术鉴赏家。

一位魔术师，作为柔体杂技演员的年长的女士。卡夫卡为她祈祷，鼓掌喝彩。他叹息，并有些伤感。——骨头脱节的女人。她的丈夫，那位魔术师，之后完成了次要的节目，例如折叠毯子。

令人伤心的想法，她还从来没有能够在一家杂耍剧院登台演出，用的是很糟的道具，例如桌子是一张普通的修复了的桌子，用闪光的廉价品装饰着桌面。

滑稽演员看上去像维格勒①，他的表示欢呼的哼唱声听起来不是十分可信。

7月3日星期三。早晨

歌德故居。到处都是灭火器。——花园里照相——我忙着跟她父亲讲解摄影方面的知识，而卡夫卡正说服房东的女儿和他幽会。我领着她父亲到高高的灌木丛后面。他有一只空着的高箱子作为三脚架。我向他解释了在凉亭处拍摄角度的奥秘。

然后去游泳池。阳光灿烂。——摔跤比赛，直至1点。钟声响了。

在风景明信片上歌德房间的地面是闪光的镶木地板，而事实上是很糟的木头。——那些石膏模子达到了大理石的性质。——非常美观，在歌德故居没有什么东西是多余的；而在李斯特故居有那么多无用的杂物。

歌德的工作室与富丽堂皇的、光线明亮的、有许多窗户的

---

① 保尔·维格勒（1878—1949）：德国作家、文学史家，著有多种珍贵的世界文学史和德语文学史。

应酬房间相比，显得如此靠后，如此狭小，这完全是他个人的特点，正如我们看到的。

伟大的技术天才：床作为旅行箱，在花园里——有许多器械——在图书馆里他把三层的殿堂改造成一个非常高的大厅，每一个楼层都可工作。

与罗沃尔特通电话。只花50芬尼——好消息。

有些干旱。

下午去公园。在这之前先参观大公爵图书馆，这里一个仆人做了不同寻常的讲解，而且向一个跟在我们后面的女士用与我们同样的词句进行讲解"这儿所有的一切都和艺术相一致，这在世界上是绝无仅有的"，他指着特里佩尔创作的歌德半身塑像说："这不是理想化。谁有这样美丽的嘴唇，人们把它叫作爱神之弓。脖子上的皱纹是维纳斯皱纹。这儿大理石的褶儿是透明的。"他用手指放在褶儿的后面，人们不得不说"是"。同样人们必须弯下腰来，观看席勒塑像上的两个相交的鼻孔。———座格鲁克的半身塑像，活着时就浇铸，人们还可看到插小管子的洞孔，有了这不致窒息而死。——（歌德的浇铸件是闭着眼睛的，这比张开着的自然得多，因为这整个脸部包括所有的皱纹都处在紧闭状态。）——橡木制的楼梯，是用一棵橡树由一个罪犯凿成的，他后来得到了赦免。——歌德的工作室与冯·施泰因夫人的花园连接在一起。

一个小男孩，十一岁，弗里茨·文斯基与我们结交。这是不久前的事。他想要赚取4个马克陪同步行去瓦特堡。最近他减为1个马克，现在只要半个马克。多么地合乎现实。他想成为木匠，他的父亲也是木匠。——歌德占据了古典的祭坛，已成了民间童话。他描述："这里早先是沼泽，并有许多蛇。其中一条蛇总是到面包房学徒那儿去，他由于害怕总是给它一些小面包。后来他把此事告诉了师傅，他做了四个有毒的小面包，等等，市议会建立了这些柱子Genio hujus loci；这叫作'这个地方的精灵'——。"

　　树皮小屋

　　罗马人的房屋，这个古代的东西在德国的树林里确实有些滑稽。美丽的诗行刻在石块上，纯粹的大写字母，这与诗行正相适应。——对这房屋来说诗行起到了非常好的作用。——在电车站旁有许多长椅，很值得推荐。我感到那样的疲乏。

　　这小男孩知道歌德的：（1）山怪和玻璃商人（2）向着暴君戴俄尼喜阿斯[①]。

　　去邮局

　　卡尔广场上的日记。石头凳子。——卡夫卡（今天是他生

---

　　① 戴俄尼喜阿斯（Dionys＝Dionysius）：古希腊叙拉古之暴君，公元前405—公元前367在位。

日）与六个或八个小男孩闲聊，在他们中间有几个将要成为见习水手。明天再见！

在克姆尼蒂乌斯旅馆里花园音乐会。——魔术般的魅力，影响了所有的桌子。轻柔的旋律，圆圈形上升，打开的内室，显示出柏林的跳舞之家以及在沃斯泰普的互相挤压的娼妓们，在旁边是那些微笑着的喝着香槟酒的先生们，他们围坐在明亮的穹顶大厅里。在西班牙响板的敲击声中神秘的舞神发出沙沙声地向前移动，神圣不可侵犯，从不亵渎；所有这一切使我回忆起伟大的充满狂喜的要求，这种要求是中学生对生活提出的。——

长号或木琴独奏。

7月4日星期四

迪德里希斯早先的来信。我乘车去耶拿，卡夫卡陪我到火车站。因为卡夫卡有约会，在这之前先去歌德故居。

耶拿。

在迪德里希斯处角柱连同狮子（出版社的社徽）。他刚进行了一次旅行回来。绿色的落下的短裤，轻便的裤子，人们看到赤裸的小腿肚和蓝色的静脉曲张。——首先在我面前读了信和序言——1000马克刊印1200册——磨磨蹭蹭的——反犹太主义者——身材高大并且肥胖。

然后去耶拿的市场，相当热闹——大学生们坐在露天的桌子旁——他们的狗——一位上了年纪的先生在他们中间，都在吃草莓冰淇淋蛋糕，他也许为他们付账——引人注目的是骑着自行车的许多快信邮递员———座大学生宿舍，它建筑得犹如一座古代的城堡，正面装饰着大学生社团的花体字，大学生戴着便帽站在窗户里，另有三个坐在人行道上的椅子里，一个摇动着椅子，给人无聊和无所事事的印象——可厌的、瘦削的、衣服穿得很糟的姑娘——

一看见那朵越过城市上空的巨大的云层，我突然想起忘记在迪德里希斯处的雨伞。回去。没有人在办公室里。天开始下雨了。我逃避到邮局里。大暴雨。通信给毁了。——在木材市场上用午餐，当然是火腿和鸡蛋———群年轻人，穿着中世纪的几乎长有虱子的服装，作为节日游行队伍在旅馆里集合。一些小姑娘，她们十分惊羡，被旅馆老板客气地赶走，但还是无拘无束地站在那儿。——去迪德里希斯处，我拿到了雨伞；后来我迷路了。克林格尔①制作的阿贝②纪念像。蔡斯工厂。——人民阅览大厅，一个庞大的公共机构。我在德语国家的城市里（如格拉茨、苏黎世）时常会发现这种普遍的设施，足以成为楷模，但居民还是诉苦，仿佛是寄生虫（虽然他们建立了这些东西！）——也许因为我在这里没有看到犹太人，我感到孤独？——噢，家乡布拉格——确实这也许是对德国的一种错误的（讽刺的）看法。卡夫卡在这里赞赏所有的人，也包括他们的说话方式和思想方法。或许我不够安静。无数的报纸刊物，干净的淡绿色的封面的衬页，按照数字排列，阅后重新放回到书架上。许多灯光，俱乐部圈

---

① 马克斯·克林格尔（1857—1920）：德国画家、铜版画家和雕塑家。

② 恩斯特·阿贝（1840—1905）：德国物理学家，制作了许多光学仪器，并在耶拿参与创办蔡斯工厂。

椅，地球仪（由《北德劳埃德报》提供），百科词典，外文书籍。我除了翻阅文学书和自然科学书外想起了卡夫卡又翻阅了：卫生学，素食主义的书籍，《凤凰》杂志，接种牛痘，废除奴隶制（反对卖淫）。麻烦的是，人们只可以取一册书。在离去时我拿好了小皮夹子，因为这儿的咖啡馆没有咖啡，空气也很糟。——我在那儿待了两个小时，但《莱茵兰》还是没有找到。

在耶拿火车站我遇见了希勒尔夫人，希勒尔博士在魏玛等她呢。关于文学的无尽的、愚蠢的吹捧。——卡夫卡的不幸——在歌德故居前希勒尔的毫无意义的、不尊敬的谈话。

7月5日星期五

歌德-席勒档案馆！

所有的都是白色的抽屉。给贝里希①的颂歌。安内特·冯·贝里希的书的誊清稿，以及书页上的小花饰。

《崇高的祖母！》歌德八岁时的贺诗

耶路撒冷请求凯斯特纳："我是否可以敬请阁下为了一次即将进行的旅行把您的手枪借我一用？J②"

---

① 恩斯特·沃尔夫冈·贝里希：生卒年不详。
② J：即耶路撒冷（Jerusalem）姓氏的简写。

歌德的诗歌的翻译

棱茨致赫尔德的热情洋溢的信。

大多数草稿没有删改！如《迷娘之歌》，就放在那里！

理发店。这是我迄今为止看到过的最简陋的，虽然它就在大公爵剧院的对面。在镜子前，那儿通常在板上放着海绵、香水、洗脸盆、洗涤器械，而在这家店里除了一个巨大的、空的、满是灰尘的装饰用贝壳外没有别的东西，贝壳还在那里滚动。

在小城市里空气凉爽，经常把距离估计得过远了。——这里有工业吗？

这里的人把"zweimal"说成"zwemol"[①]

"错误的记忆"在我那儿以罕有的形式出现，在回忆中某些经历在我心中分裂成二，我把其中之一的日期提前了。例如柔体杂技女演员，她作为鳞片闪闪发光的鳄鱼首先在一块岩石后面出现，摇晃着她那长长的头颅，后来才显出人的形象——当我见到这一形象时，就产生新的感觉——现在我相信，这已经是很长时间以前经历过的一次事情，是在一个很小的疗养地，不知在一个什么地方。

然后去游泳池。反复无常的太阳。两个男孩，他们围着他们

---

① zweimal：意思是两次、两倍，这纯粹是当地的发音问题。

的浴巾打闹着玩儿，足足笑了一个小时，嘴里总是重复着"去你的"，他们互相碰撞，然而在所有的禀性中遵循了体贴关怀，如果一个离水边太近，那另一个就只是假装把浴巾投入水中，显示一下，决不做出鲁莽的事来。

令人舒服的木头气味

卡夫卡在房东家，获得了成功。我睡觉。

与希勒尔博士和他的母亲在一起，她具有犹太人的果敢性格，就像我的母亲，此时谈到了无耻的文学，以至于在她的嘴里听到了关于克劳斯①、克尔②、瓦尔登③的柏林方面的流言蜚语，恰如其分的饶舌闲话。与公共汽车司机争吵，下车，又想上车，与马车夫争执，下车，上车。——最终我们一致同意6个马克，可是马车夫没有让步。希勒尔博士是非常节俭的，如果人们像他那样只获得一笔很少的养老金，这大概确实是有理由节省的唯一方式。在行驶中他母亲时常说："你看，库尔特④……"

---

① 卡尔·克劳斯（1874—1936）：奥地利作家、文学批评家，他的作品曾对卡夫卡产生影响。

② 阿尔弗雷德·克尔（1867—1948）：德国作家、戏剧评论家，著有《戏剧中的世界》（1917）5卷。

③ 赫尔瓦特·瓦尔登（1878—？）：德国作家，艺术商人，1910年创办表现主义杂志《风暴》，颇有影响。

④ 指库尔特·希勒尔。

避暑的行宫百乐宫包括一个宽阔的屋前广场以及优美的主体建筑和四座侧房。黄色的墙壁，绿色的百叶窗。——大厅完全用蓝白色的荷兰戴尔夫瓷器装饰。瓷砖铺的台阶垂直到地面上。希勒尔博士说："凉爽，人们在这里永远不会感到口渴。"——我们换上了毡鞋。——参观珍宝。——景泰蓝制品：在一个铜花瓶上镶有金属丝，中间的镶边熔满了搪瓷釉彩，整个制品磨得十分光滑。非常柔和的图案。——一套小型的古老的迈森瓷器，价值连城。——俄罗斯的玛瑙、孔雀石，因为玛丽亚·巴甫洛夫娜在这里住过。——

　　那位年轻的稳重的老实的男仆，常常对问题回答说"这我不知道"或者"据我看"；如果我停留下来，对某些东西仔细观看，他就在一个借口下盯着，生怕我取走什么。

　　卧室里的穹顶代表着"天空"，画上了云彩。一个花园，按照固定的俄罗斯样式建造起来的。——至于最最美丽的，是那个露天剧场，歌德的《伊菲格涅亚》曾在这儿上演。——可是只有很少几个观众席，有两排半圆形状的座位。在一片矮树篱后面深藏着一个乐池。一块沙土场是舞台。斜面的修剪过的灌木林正好作为侧幕。舞台背景是一大片弯曲的带叶的树枝栅栏。

　　历史性的车辆陈列馆：

　　当马车夫驾车时，都按照规定的方式行事。宫女们坐在马车里面，宫廷侍臣们在旁边策马随行，便于说话。

　　如果人们看到了这座宫殿，也就可以想象到宫廷生活，也就能理解，歌德待在这里的情况，他离开了大城市（法兰克福）。魏玛这城市真的太小了，有些庸俗。——如果我移居到这儿来，我兴许会譬如感到前景黯淡。

人们在这儿对歌德的一种新的品质赏识起来：他知道安于现状，在一个窄小的圈子中产生影响，这兴许会影响广大的世界。他的禀性不是把目光盯住在小圈子上，他有目标，而且努力追求。此外他还辛勤地探讨更远的目标，并不断地修饰补充。

他有多少作品没有收在他的全集中啊！他建设了这些公园、图书馆、剧院。从最好的意义上说他是一位孜孜不倦的工作者。

在返回的路上与希勒尔谈到了文学界的蠢事。他是反对舍费尔①，支持路德维希·鲍尔②的。他的兴奋点是诺纳皮格和阿诺尔德·贝尔。他的眼睛是真诚的，他对我的到来感到非常高兴。

在《柏林日报》上发表了M.海曼③的一篇很好的中篇小说，这小说尤其充满了文学生活。

希勒尔夫人对待报纸：是否发生了一件谋杀案或者政治事件，这与我有什么关系——她读报很详细，因为这属于教养。——纯粹是无聊。

希勒尔启程了！之后要去拜访作家保尔·恩斯特④。

---

① 威廉·舍费尔（1868—1952）：德国短篇小说家和逸事作家。

② 路德维希·鲍尔：德国作家，生卒年不详。

③ 莫里茨·海曼：德国作家，生卒年不详。

④ 保尔·恩斯特（1866—1933）：德国戏剧家、小说家，新古典主义的代表。

非常引人注意，因为了不起的、肥胖的埃克斯佩迪图斯·施密特神父也到这里来了（他来这儿是从事奥托·路德维希的一个版本的工作）。十分愉快的胖胖的神职人员，弗朗西斯派教士，穿着他的带头巾的僧衣。抽着烟。希望，人们在档案馆里至少可以抽水烟管。——都装作未听见。他的脸红了。——关于圣贤传奇。"这不是农民的书，早在合唱书之前就有了。"——他抓着一份报纸，称它是"虔诚的毒蛤蟆"。——非常可爱的德意志民族特性。

保尔·恩斯特脸色苍白，但通过他的认真态度使人有好感。灰白的头发。他的漂亮的儿子。——我们似乎是在吃晚餐时打扰他的。——他生活和工作在这里，大概非常幸福，在公园的上面。——责骂某些批评文章。——现在他去了比利时。——他的妻子穿一件红色的衣服，长得很丑，年纪较大。与之相反，他有一张没有皱纹的脸，尽管他是大胡子，他很安详，他的蓝色的眼睛炯炯有神。

在《柏林日报》上：一个女门房，被她的丈夫虐待，逃进了一所空着的住房，把她的五个孩子一个接着一个在浴缸中用暴力溺死，所有的孩子都换上了干净的衣服放在床上，然后想要自己溺死；但最后没有成功。

7月6日星期六

早晨打电话。接受邀请在罗沃尔特处吃午饭。

然后去施拉夫家，他那和蔼可亲的姐姐，他自己没有在家。

中午睡得很好。

246

与保尔·恩斯特一起在韦比希散步。谈到了优秀作家的不幸，荣誉，报酬，捷克人，犹太人——他责骂了豪普特曼、托马斯·曼、亨利希·曼、瓦塞尔曼。——讲得悦耳动听——有时候我们大家都静默无言——他走路踉踉跄跄，很轻，灰色的西服，灰白的鬓发，帽子拿在手中。还不时责骂魏玛人。

多么少见。

歌德故居。我们观看穿着舞会服装的姑娘。

然后去约翰内斯·施拉夫处。谈到了天文学，地球中心说——他的风格，眼睑以及已起皱纹的额头极力向上抬起——就像韦贝尔教授一样——仿佛对自己在不断思考——

望远镜价值400马克

困难地说出外来语。

7月7日星期日

乘坐四等车厢，开始时非常空，很宽敞，没有那种讨厌的乘火车的气味。

同卡夫卡告别①。

在罗沃尔特处——退还未能售出的出版物。"曾经有六百万册的浪费。"长篇小说"写得草率马虎"。

---

① 指马克斯·勃罗德回布拉格，卡夫卡接着去哈勒旅游。

图书在版编目（CIP）数据

那几年，卡夫卡 /（奥）卡夫卡著；孙坤荣译. —上海：上海三联书店，
2016.8

ISBN 978-7-5426-5583-7

Ⅰ.①那… Ⅱ.①卡… ②孙… Ⅲ.①卡夫卡，F.（1883～1924）-日记
Ⅳ.①K835.215.6

中国版本图书馆CIP数据核字（2016）第105991号

那几年，卡夫卡

著 者／	〔奥地利〕卡夫卡	
译 者／	孙坤荣	
责任编辑／	陈启甸	
特约编辑／	郭挚英	
装帧设计／	**Metis 灵动视线** TEL:010-85983452	
监 制／	李 敏	
出版发行／	上海三联书店	
	（201199）中国上海市都市路4855号2座10楼	
	http://www.sjpc1932.com	
印 刷／	北京鑫海达印刷有限公司	
版 次／	2016年8月第1版	
印 次／	2016年8月第1次印刷	
开 本／	889×1194 1/32	
字 数／	121千字	
印 张／	8	

ISBN 978-7-5426-5583-7/I·1135

定 价：29.80元